VOO RG - 4253

José Celso da Cunha

Romance

Editora
LETRAMENTO

EDITORES:
Gustavo Abreu

PROJETO GRÁFICO, DIAGRAMAÇÃO E REVISÃO:
Nathan Matos

CAPA:
Leonardo Mathias

Este livro foi editado respeitando as novas regras ortográficas.

Dados Internacionais de Catalogação na Publicação (CIP)
Bibliotecária Juliana Farias Motta CRB7- 5880

C972v Cunha, José Celso da.

Voo RG - 4253 : romance / José Celso da Cunha . – Belo Horizonte, MG : Letramento, 2015.
p. 128; 21 cm.

ISBN: 978-85-68275-37-5

1. Literatura brasileira.2. Romance brasileiro. 3 Prosa brasileira.4. Voo – Literatura brasileira. I. Título.I. Título. : romance

CDD B869.3

Editora
LETRAMENTO

Impresso no Brasil.
Printed in Brazil.

Aos meus filhos,
***Luís Antônio, Mariana e Maria Júlia*.**

A minha mulher,
***Marta de Betânia**, com muito carinho.*

1

Às cinco e vinte da tarde, finalmente, uma funcionária da administração do aeroporto anunciava no alto-falante:

– Senhores passageiros! Voo Rio-Sul, RG-4253, com destino ao Aeroporto de São Paulo, Congonhas!... Senhores passageiros, dirijam-se à Sala de Embarque. O embarque, quando autorizado, será realizado no portão B. – Deu uma pequena pausa, depois continuou com os mesmos, ritmo e tom de voz:

– Passageiros idosos, com crianças de colo, ou com dificuldades especiais terão prioridade... Apresentem-se para a fila de embarque no Portão B.

Na sala de embarque, mesmo antes do aviso pelo alto-falante, aparentemente já se encontravam alojados todos os passageiros daquele voo que sairia do Aeroporto Lauro Kurtz[1], em Passo Fundo, no Rio Grande do Sul. Era domingo, 28 de novembro de 2004, e fazia muito calor. A biruta do aeroporto, que podia ser vista da sala de embarque ao lado do pátio de estacionamento das aeronaves, vez ou outra mudava de posição, previsivelmente preguiçosa e lenta. O céu azul turquesa, desde a manhã daquele dia, apenas apresentava alguma nuvem bran-

1 *O Aeroporto Lauro Kurtz da cidade gaúcha de Passo Fundo, na ocasião, era administrado pela Secretaria dos Transportes do Estado.*

ca, viva e sólida, que vez ou outra, naquela tarde, sombreava a pista do aeroporto quando passava vagarosamente, sem pressa, frente ao sol voltado para o poente. Os passageiros aguardavam o último voo do dia, cuja decolagem estava inicialmente programada para as 16h30min. Algumas pessoas, mais desatentas e sem arredar o pé, alheios à chamada para a fila do embarque, continuavam assistindo os comentários de repórteres de um canal esportivo de TV que iria transmitir, mais tarde, um jogo importante para os torcedores sofridos de um time gaúcho.

Era a quadragésima terceira rodada do campeonato brasileiro, o Brasileirão. O Grêmio, último colocado da série A, teria que vencer a partida contra o primeiro colocado, o Atlético Paranaense, para não ser rebaixado para a Série B. O jogo seria disputado em Erechim, cidade gaúcha localizada no interior do Estado, a noventa quilômetros ao norte de Passo Fundo. Pela proximidade entre as duas cidades, muitos moradores e torcedores de Passo Fundo e região foram assistir ao jogo na cidade vizinha. O Estádio Olímpico, em Porto Alegre, pertencente ao Grêmio, estava interditado por mau comportamento da torcida até o final do campeonato daquele ano. Pelo mesmo motivo, foi também interditado para jogos do Grêmio o estádio de Passo Fundo, que vez ou outra era utilizado para eventos esportivos fora da capital, demonstrando que os torcedores estavam inconformados com o desempenho do time naquele ano.

As manchetes esportivas dos principais jornais do dia diziam que nem mesmo as três torcidas organizadas do Grêmio, da capital gaúcha, animaram-se a se deslocar até Erechim para assistir a vitória certa do Atlético sobre o Grêmio. Um jornal de São Paulo, mais enfático, trazia no título na página de esportes: *Nem a torcida acompanha Grêmio rumo ao precipício*. O artigo reforçava que alguns torcedores não iriam à Erechim "por não ter o que fazer lá". Além disso, quase quatrocentos quilômetros de distância separam Porto Alegre de Erechim, no norte do Estado.

Mesmo diante deste quadro desanimador, dois torcedores fanáticos que se encontravam na sala de embarque naquela tarde de domingo, na expectativa da chamada para o voo para Congonhas, diziam para os demais ao lado que, apesar das dificuldades anunciadas pelos comentaristas, um "verdadeiro torcedor do Grêmio, assim como um bom brasileiro, não foge à luta". Diziam confiar que o "Grêmio ia fazer bonito pra cima do Atlético Paranaense".

Dois técnicos vestidos com macacão da Administração do Aeroporto que tentaram a tarde inteira consertar o que havia de errado com o ar condicionado, sem sucesso, também de olho na televisão, estavam certos de que o resultado do seu trabalho de nada mais adiantaria naquela tarde, pois já se dirigiam para o embarque os últimos passageiros daquele aeroporto. Enquanto os viajantes faziam fila, os dois mecânicos, no alto de duas escadas metálicas, comentavam interessados sobre a expectativa do início do jogo, marcado para as dezoito horas. Recolocavam uma tampa que haviam retirado do aparelho de ar condicionado do recinto. Um deles, motivado pelo anúncio de embarque eminente e observando o movimento, voltou-se para o colega que acenou positivamente com a cabeça. Na sequência, desceram as escadas, fecharam suas maletas de ferramentas; fecharam os zíperes de seus macacões, abertos no peito devido ao calor e, quase ao mesmo tempo, fizeram o caminho inverso dos passageiros que se dirigiam para o embarque no Portão B.

Caminhavam com seus pertences em direção à porta de saída da sala de embarque para o saguão, controlada por dois funcionários do aeroporto. Nessa ocasião, como o aeroporto da cidade operava somente com aviões de capacidade inferior a sessenta passageiros, não havia controle de raios-X, mas apenas o controle visual das bagagens de mão, o que favorecia vez ou outra que traficantes utilizassem dessa condição para o transporte de drogas e outras mercadorias não autorizadas.

De relance, segundos antes de transpor aquela porta de acesso ao saguão do aeroporto, um dos mecânicos observou que, fechando a visibilidade do que se passava do outro lado, havia dois cartazes grandes pregados nas portas de vidro. Mostravam duas pessoas esqueléticas, (uma mulher com o corpo todo tatuado e uma criança, de costas, de aproximadamente três anos de idade), alertando sobre os riscos da AIDS. Lembrou-se da notícia dada há poucos minutos por um conhecido repórter esportivo da mesma emissora ligada na sala de embarque, em primeira mão, entre um comentário e outro sobre os jogos principais daquela tarde, que o governo federal anunciaria no dia seguinte a quebra de patentes dos remédios destinados ao coquetel de medicamentos distribuídos para os pacientes infectados. Segundo esse repórter, oitenta por cento do gasto do governo com os remédios deste coquetel contra a AIDS eram destinados ao pagamento de produtos importados de laboratórios estrangeiros com filial no Brasil. O mecânico comentara com o colega, com certo entusiasmo, a propósito da notícia da quebra de patentes dos remédios, pois ambos conheciam alguém que se "descuidou", como diziam, contraindo essa doença, e que certamente se beneficiaria.

Na saída da sala de embarque, ao fecharem a porta com os cartazes atrás de si, os mecânicos perceberam que uma senhora alta, com pouco mais de quarenta e cinco anos de idade, levando ao ouvido um telefone sem fio da administração do aeroporto, caminhava de um lado para outro no saguão, entre os balcões de *check-in*, a lanchonete e dois birôs de empresas de aluguel de veículos já fechados. Era a administradora do Aeroporto, conhecida pelos subordinados como a Gerenta. Falava muito brava com alguém sobre o atraso do voo RG-4253 da Rio-Sul e do problema com as instalações do ar condicionado, deixando perceber a todos a sua autoridade.

A aeronave já se encontrava estacionada no pátio do aeroporto desde as quatro horas da tarde e, segundo se comentava na sala de espera, ninguém da companhia aérea prevenira às pessoas sobre qualquer atraso. Os poucos passageiros vindos de Porto Alegre, naquele mesmo avião com destino à Congonhas, com parada em Passo Fundo, precisaram desembarcar e aguardar a sequência da viagem juntos com os demais passageiros daquele aeroporto. Em condições normais, os que embarcaram na primeira etapa do voo, entre Porto Alegre e Passo Fundo, aguardariam dentro da aeronave o embarque dos passageiros locais.

Um senhor de cabelos pouco grisalhos, de gravata, trazendo à mão um livro grosso sobre "A *Filosofia e o Novo Milênio*", que lia enquanto esperava a chamada para o embarque, ouvira de uma senhora ao lado, de aproximadamente trinta e cinco anos de idade – assentada com uma criança ao colo –, que tais atrasos eram constantes naquele aeroporto, "sobretudo no domingo à tarde"...

– Parece que as companhias aéreas querem aborrecer também os funcionários do aeroporto, criando atrasos onde nem mesmo condições do tempo ou outra desculpa encontram. – Continuou a mulher dirigindo-se ainda ao senhor com o livro grosso às mãos que a ouvia com atenção pelo que deixava perceber na expressão assentida do seu rosto.

Sem dar continuidade à conversa e com um leve riso no canto da boca, a mesma mulher pensou saudosa: "Principalmente porque, em domingos normais, às dezessete horas os funcionários deste aeroporto já estariam fechando as portas do prédio para aproveitar as últimas horas do fim-de-semana em casa com a família". Ela reconhecia bem essa rotina, pois durante certo tempo trabalhou como recepcionista de uma empresa de locação de veículos naquele aeroporto, quando conheceu há oito anos o pai da criança em seu colo.

A senhora estava atenta ao caminhar da fila de embarque. O menino tinha possivelmente seis ou sete anos. Devido ao calor, o pequeno estava cansado da espera, e por isso dormitava preguiçosamente com a cabeça apoiada no colo da mãe. Percebendo que a fila já se estendia, o mesmo senhor com o livro grosso à mão se ofereceu para pegar a sacola que estava na poltrona entre ele e a mulher com a criança, ao perceber que ela se levantava devagar, procurando não acordar o filho. Era uma sacola grande, semiaberta, que deixava aflorar, entre as alças, um casaco grosso de inverno e um pequeno gorro tricotado de lã colorido em gomos intercalados com as cores verde, branca e vermelha.

"Pelo tamanho, o casaco e o gorro devem pertencer ao menino", pensou o homem, de pé, pronto para caminhar até a fila. Agradecida, a senhora entregou-lhe a sacola. Em seguida, com dificuldade, procurava e não encontrava algo que supostamente estaria guardado na bolsa de lona vermelha com alças verdes de couro, agora presa pela sua mão direita debaixo do garoto.

Ao seu lado, o homem aguardava que ela encontrasse o que procurava para seguirem em frente. Não sabia o quê. Imaginava serem os documentos, dela e do menino, mas que, pelo visto, não estariam dentro daquela bolsa. Aflita, e percebendo não encontrar o que buscava, a mulher pediu ao senhor que deixasse a sacola sobre o banco e segurasse o menino nos braços enquanto ela despejasse tudo o que trazia naquela bolsa sobre o assento da poltrona ao lado...

Causando um barulho parecido com chuva de granizo sobre o telhado, as coisas caíam de dentro daquela bolsa de lona grossa vermelha sobre o assento de plástico azul da cadeira da sala de embarque. Um ou outro objeto caiu no chão, próximo à cadeira. O senhor que segurava a criança percebeu de perto sair daquela bolsa: carteira de dinheiro e documentos, moedas, colares, batons, passaporte, pinceis, agendas, lápis, escovas e pasta de dente, canetas, contas de luz, envelopes, escova de cabelo e pentes, vidrinhos de remédio, absorventes, comprimidos para dor de cabeça, um telefone celular dobrável, caixinha de joias e outras coisas, miúdas e grandes... Enquanto a mãe remexia, aflita, naquilo tudo em busca do que não encontrava, voltou-se pálida para o desconhecido com o filho nos braços e comentou assustada:

– Moço, as passagens sumiram! As passagens sumiram! Não estão aqui. Eu as guardei dentro da bolsa e sumiram. – Dizia assim, ao mesmo tempo em que olhava ao lado, ao redor de si e por debaixo dos assentos mais próximos. Recolheu algumas coisas que caíram no chão colocando-as sobre a cadeira junto aos outros objetos que olhava desolada.

– Calma, senhora, levante-se, ainda tem tempo! Veja com mais cuidado em suas coisas... As passagens vão reaparecer. Não se aflija tanto. – Paciente, com a criança segura docemente nos braços, o homem do livro grosso acompanhava aquela mulher na sua busca desajeitada pelas passagens.

Num momento, aquele senhor, transportado no tempo, relembrou com saudades quando ainda era um jovem professor em viagem de estudos na Universidade de Atenas, Grécia, no final dos anos setenta, onde viveu com a mulher e a única filha durante os quatro anos do seu doutorado em filosofia. Na véspera do seu retorno definitivo ao Brasil, sua mulher procurava em sacolas, bolsas e malas pelos passaportes dela e da filha pequena de seis anos, na antessala do aeroporto de Heraklion, na ilha de Creta, na última viagem de passeio que fizeram naquele país, quando embarcariam em um voo até Atenas. Paciente, aguardava de pé, ao lado, com a filha no colo junto a duas sacolas de compras que sua esposa deixara aos seus pés enquanto tentava encontrar o que procurava. O professor Caldeira – conhecido pelo sobrenome desde quando serviu o tiro de guerra em 1958, no interior de São Paulo –, na ocasião sentia-se orgulhoso com o diploma de Doutor em Filosofia obtido em defesa de tese na Universidade de Atenas e por ter recebido uma menção honrosa pelo seu trabalho: "*O julgamento do Minotauro*". Coincidentemente, como naquele momento, no aeroporto de Passo Fundo, o voo entre Heraklion e Atenas era o último que sairia daquela ilha grega em direção ao continente. Aquela foi a última vez que esteve em Creta, e a primeira somente a passeio depois da defesa de sua tese. Foi se despedir dos amigos, professores e pesquisadores, que fez durante as várias vezes em que esteve no Museu Arqueológico de Heraklion onde passava semanas debruçado em escritos arcaicos e pergaminhos lendários para complementar suas pesquisas sobre o que lhe interessava na cultura minoica.

Era uma tarde ensolarada de primavera, domingo, com o mediterrâneo calmo que se via a partir das janelas envidraçadas do aeroporto, de frente para o mar. Os documentos foram exigidos no *check-in* da companhia aérea grega, condição para a entrega dos bilhetes de embarque naquele momento. Além disso, para aumentar a ansiedade, o avião que os levaria a Milão e de Milão até São Paulo, a partir de Atenas, sairia às sete horas da manhã do dia seguinte. Precisavam embarcar naquele voo.

O Professor Caldeira, de aproximadamente sessenta e cinco anos, lecionava filosofia e cultura grega na Faculdade de Filosofia e Ciências Humanas da USP. Naquele domingo, ensolarado e quente de novembro, em Passo Fundo, retornava para São Paulo depois de ter participado durante três dias de uma avaliação de curso, pelo INEP[2], em uma universidade localizada a noroeste do Rio Grande do sul, próximo à Santo Ângelo das Missões, que fica mais de três horas de carro até Passo Fundo. Chegou ao aeroporto, naquele mesmo dia, trazido por um motorista dessa universidade.

– Procure nos bolsos da calça, senhora, verifique se não estão dobradas junto com outros papéis...

– Já procurei, já procurei e não encontro! Não sei onde estou com a cabeça! Eu não posso perder esse avião. Não podemos ficar aqui em Passo Fundo, temos que embarcar. Meu Deus, eu não sei mais onde procurar! – Inconsolada e atormentada, começou a chorar e a soluçar alto. Assustado, por ter ouvido o choro da mãe e de se ver nos braços de um desconhecido, o menino despertara estendendo os braços para a mãe que o pegou ao colo, ainda em prantos.

– Porque você tá chorando, Mamãe?

– Não foi nada, não, querido, é que a Mamãe não consegue encontrar as passagens e o avião já vai sair. – Disse assim, deixando o menino de pé no chão, enquanto, na sequência, enxugava as lágrimas com um lenço de papel amarrotado que tirou do bolso da calça e recolocava muito abalada, todas aquelas coisas na bolsa.

– Mãe, Mãe elas estão comigo! Não te lembra? Você mesmo me deu pra guardar pra ti. Elas estão aqui, oh! – Nesse momento, o homem do livro e a mãe chorosa olharam para o menino que num movimento engraçado com o corpinho, virou a trazeirinha para a mãe apontando para as passagens cujas pontas sobressaíam no pequeno bolso da calça jeans, dobrada três vezes na bainha.

Era um menino muito esperto, apesar de miúdo e um pouco franzino. Tinha os cabelos louros e muito lisos, repartidos ao

---

2 *Instituto Nacional de Estudos e Pesquisa.*

meio, cortados em franja sobre a testa, rente às sobrancelhas. Os olhos vivos e brilhantes, separados por um narizinho bem feito e proporcional, olhavam com ternura aquela mãe que ainda não se refizera do susto. Quando sorriu, revelou duas janelinhas nos dentes superiores da frente que lhe faltavam. Vestia uma camisa de tecido xadrez de mangas compridas dobradas nos punhos, sobre uma camiseta branca colada ao corpo, ambas enfiadas na calça, segura pelo cós por um suspensório amarelo. Nos pés, duas botinhas de couro marrom, de meio cano, fechadas por um zíper lateral, completava seu traje de viagem. Presa em suas costas levava uma mochilinha azul com a estampa do Pinóquio na parte externa.

O menino, animado por ter ajudado a resolver o problema que fazia a mãe chorar como uma criança, pegou a sacola que estava com o professor, despediu-se dele apenas com um gesto e foi caminhando, sozinho, em direção ao embarque. A mulher, com o rosto ainda vermelho pelo choro, agradeceu ao professor Caldeira, dando-lhe um abraço terno e comovido.

– Não foi nada. Tenhamos todos uma boa viagem!

– Se despeça do moço, Ricardinho, e agradeça pela gentileza!... Agradeça em italiano! – Gritou a mãe para o filho que já se distanciava dos dois, pegando um lugar na fila atrás de um casal de idosos que estava prestes a transpor o controle das passagens. De lá mesmo gritou:

– *Grazie, signore. Buon viaggio. Un bacio per te!.*

– *Buon viaggio, Ricardinho, arrivederci.* – Repetiu o professor, acenando para ele, encantado pela desenvoltura do menino que, além de simpático, sabia se expressar bonitinho em italiano.

– Atenção, senhores passageiros, do voo RG-4253, com destino ao aeroporto de Congonhas, São Paulo! ... Embarque imediato no portão B... Atenção senhores passageiros do voo RG-4253, seu embarque é imediato no portão B.

Fazia muito calor para um dia de primavera no norte do Rio Grande do Sul. Dentro da sala de embarque continuava abafado. O ar condicionado ainda defeituoso operava com deficiência. As pessoas, cansadas, mas contentes com o apelo da funcionária da companhia aérea, caminhavam para pegar um ou outro lugar mais à frente da fila, tendo sido avisados de que as marcações feitas anteriormente não seriam respeitadas, pois havia lugar de sobra no Jet-Class, em seus cinquenta lugares.

Um rapaz com aproximadamente vinte e cinco anos, de cabelos e olhos negros, medindo aproximadamente um metro e setenta de altura, aguardava por alguém junto à porta do toalete feminino. Verificava com atenção sua bolsa de mão e uma sacola de compras, enquanto também segurava, desajeitado, um ursinho de pelúcia bastante surrado, possivelmente da pessoa a quem esperava com ansiedade. Parecia preocupado, pois a fila já caminhava e faltavam poucas pessoas para o embarque. Assim como ele, vindo do sanitário ao lado, chegara também junto à entrada do toalete feminino outro rapaz, bem vestido, um pouco mais velho do que o primeiro, alto e de olhos castanhos, que possivelmente também aguardava a saída de alguém daquela porta do toalete feminino. Cumprimentaram-se com gestos, permanecendo a certa distância entre si. Este último trazia apenas uma maleta preta de couro, semelhante a uma valise médica, em forma de paralelepípedo com uma tampa que envolvia a parte superior, sendo presa na lateral mais larga da valise, por uma espécie de dobradiça prateada. Olhou duas vezes para o relógio de pulso, conferindo as horas com as do relógio do aeroporto, disposto acima da porta de vidro de saída da sala de embarque para a pista. Passava das cinco horas e quarenta e cinco minutos da tarde. Voltando os olhos um pouco para baixo, olhando através do vidro da porta de saída, o rapaz com a valise de médico percebeu ao longe, sobre o asfalto aquecido, o elegante avião *Jet-Class* da Embraer, o ERJ-145, com as cores da Rio-Sul, em cuja escada de acesso os primeiros passageiros subiam em direção ao seu interior. Observando aquele avião elegante e de linhas arrojadas, lembrou-se que conhecera em uma balada em Porto Alegre, ainda acadêmico do primeiro ano de Medicina, uma engenheira recém-formada no ITA[3], mais velha do que ele, e que trabalhou como estagiária em alguma fase de desenvolvimento do ERJ-145, cujo projeto, segundo ela, era o orgulho da recém privatizada Embraer. Relacionaram-se durantes alguns meses, com grande comprometimento, até que a moça retornou definitivamente para São José dos Campos, no interior de São Paulo, para assumir um posto de Engenheira Júnior naquela empresa. Nunca mais se viram.

Passados alguns minutos, ainda na sala de embarque do aeroporto de Passo Fundo, o mesmo homem com a valise de médico falava ao telefone quando surgiu do toalete uma moça alta, de cabelos escuros e olhos cinza, com saia e blusa bem distintas. Assim que bebeu um pouco de água no bebedouro localizado entre os dois toaletes, caminhou em sua direção. Ela também trazia à mão uma valise marrom, com o mesmo tamanho e formato daquela pertencente ao rapaz que a esperava do lado de fora. Mostrando-se um pouco apressada ao observar que eram dos últimos a embarcar, falou baixinho, bem perto dele, fazendo gestos com a mão livre:

– Se for a tua mãe, mande um abraço para ela e fale que sentimos sua falta no aeroporto. – Era mesmo a mãe do moço, desejando-lhes sorte no que fariam no dia seguinte em São Paulo.

João Manuel Garcia de Oliveira Sobrinho, 27 anos, que falava com a mãe ao telefone, residente em Passo Fundo e sua

3 *Instituto Tecnológico da Aeronáutica, em São José dos Campos, São Paulo.*

companheira de viagem, Olga Korotkova, 22 anos, nascida e criada em Campina das Missões, oeste do Estado, eram recém-formados em Medicina pela UFRG. Foram colegas na faculdade desde o primeiro período. Mudaram-se do interior para Porto Alegre, na época em que ambos fizeram na mesma sala o vestibular de 1998.

Olga era neta de emigrantes russos, uma família de camponeses provenientes da região de Kursk, uma cidade industrial localizada a quatrocentos quilômetros ao sul de Moscou, próxima a Ucrânia. Devido às dificuldades vividas em sua região, em que a instabilidade política e a revolução ameaçavam grande parte da população inconformada com a deposição do Czar Nicolau II, seu avô Boris Korotkoff, com apenas quatro anos de idade, juntamente com os pais e duas irmãs mais velhas, veio para o Brasil no início de 1918, a partir do Porto de Odessa, na Ucrânia. Depois de um ano da sua chegada ao Brasil, pelo Porto de Santos, com a promessa de que ficariam na região de São Paulo, foram finalmente enviados com um grupo de ucranianos e poloneses para o Rio Grande do Sul de navio. O avô de Olga e sua família instalaram-se na zona rural do povoado de Campina das Missões, no Rio Grande do Sul, pertencente na ocasião ao Município de Santa Rosa, onde se estabeleceram desde 1909 os primeiros colonos russos do Estado. Olga, precoce, aprendera a ler e escrever em russo antes mesmo dos cinco anos, pois já se interessava desde pequenina nas letras e, posteriormente, nas palavras de livros e revistas da família. Aos cinco anos divertia-se com as palavras e sinônimos de um velho dicionário russo-português. Aos nove anos, determinada, resolveu que iria realizar um sonho da família, sobretudo do avô, Boris Korotkoff, escolhendo como carreira a medicina. Muito nova, com apenas dezesseis anos incompletos, Olga Korotkova passou no vestibular de medicina na Federal de Porto Alegre para surpresa de todos da família, menos do avô, que confiava no sucesso da neta. Segundo ele relatava aos amigos e vizinhos de Campina das Missões, orgulhoso da neta, Olga tinha qualidades e inteligência dos parentes bem-sucedidos da família Korotkoff que permaneceram na Rússia comunista. Ambos, João Manuel, (oncologia) e Olga, (cardiologia), pretendiam fazer o exame para Residência Médica no Hospital Israelita Albert Einstein, em São Paulo, previsto para começar às sete horas e trinta minutos da manhã daquela segunda-feira.

Os dois jovens médicos já tinham apresentado suas passagens à moça da companhia aérea, na saída para o pátio, onde estava estacionada a aeronave da Rio-Sul, quando surgiu do toalete uma moça de cabelos castanhos claros. Sorridente dirigiu-se ao rapaz que a aguardava preocupado do lado de fora. Carinhosamente, trocaram um beijo leve, enquanto uniram suas mãos esquerdas, entrecruzadas entre os dois, trazendo-as junto aos lábios e, num gesto estudado, beijaram suas alianças que ainda reluziam de novas. Carlos Hernandez Bering López, 23 anos, e Dora Martelli de Souza López, 20, recém-casados, viajavam em Lua de Mel para o Recife, com escala em Congonhas. Tratavam-se por Carlinhos e Dorinha. Confidentes e amigos, tendo a moça agora a bolsa e o ursinho surrado de pelúcia na mão direita, passaram pelo controle de passagens, abraçadinhos, caminhando felizes e descontraídos, até chegarem à escada da aeronave.

Ainda ficaram na sala de embarque, de pé, aflitos e de olho no que se passava na televisão dois homens de pouco mais de trinta anos. Os dois estavam de boinas, calças largas e botas à gaúcha. Estavam solidariamente abraçados, como dois bons amigos, unidos sob uma bandeira azul celeste, que tinha um círculo central em preto e branco, ligada por retas pretas largas de bordas brancas, nas diagonais e nos meridianos... A bandeira do Grêmio. Um deles segurava uma mateira de couro[4], cravada em fogo com o símbolo do clube.

– Senhores passageiros do voo RG-4253, da Rio-Sul, com destino ao Aeroporto de Congonhas, em São Paulo, anunciamos a última chamada no portão B.... Passageiros com destino ao Aeroporto de Congonhas, em São Paulo... Última chamada!...

Eram quase dezoito horas, o dia ainda continuava claro, quase sem nuvens. Apenas percebia-se uma ou outra ao longe, no horizonte, na direção da Argentina. Também ao norte, nada havia no céu, nem mesmo uma névoa se apercebia por onde certamente o ERJ-145, autorizado, voaria tranquilo e solitário em direção a São Paulo. Nada poderia impedir que o Comandante tivesse o desejado Céu de Brigadeiro naquele fim de tarde. A biruta continuava preguiçosa. Os passageiros que estavam assentados ao lado das janelas de poltronas duplas voltadas para o nascente poderiam presenciar um bando de garças brancas que passava em direção ao sul, silenciosas e cadenciadas, formando uma grande letra vê, em busca do refúgio conhecido para a noite. "Vê de vitória", pensou um dos torcedores do Grêmio que observou este detalhe no voo das garças. "Vê de vitória. A vitória do Grêmio", completou.

Feita a contagem dos passageiros dentro do *Jet-Class*, a aeromoça, uma mulher morena de aproximadamente trinta e cinco anos de cabelos pintados de louro, comunicou à comissária de bordo que faltavam duas pessoas, pois havia registrado apenas 27 passageiros embarcados. Nesse momento, esta mesma comissária atendia a uma chamada pelo telefone interno do painel de entrada do avião, fazendo gesto para que a colega aguardasse um momento até que terminasse a ligação. Pare-

---

4 *Recipiente onde o gaúcho transporta a garrafa térmica com a água quente, o mate, a cuia e a bomba para o preparo do chimarrão.*

cia estar aflita e um pouco descontente com alguma coisa que parecia contrariá-la. Segundos depois, olhou em seu relógio de pulso, enganchou o aparelho no painel, pediu à outra que aguardasse mais um pouco e se dirigiu em seguida à cabine de controle do avião, ao lado, a dois passos de onde estava. Abriu a porta com cuidado e começou a conversar com o Comandante por algum tempo. Voltou de lá, aparentemente um tanto sobressaltada pela expressão em seu rosto. Tendo sido informada do número de passageiros embarcados, falou alguma coisa com a aeromoça morena de cabelos louros enquanto conferia novamente as horas. Em seguida, com o rádio comunicador portátil à mão, de pé sobre a saída da escada de acesso ao avião, a comissária iniciou uma conversa com alguém que estava por detrás do vidro da porta de saída da sala de embarque para a pista. Percebia-se ser com um rapaz com quem falava, pelo gesto orquestrado que se observara do homem que estava junto a duas outras pessoas naquela sala, próximas à porta de vidro. A comissária, sobressaltada, mas contida apesar de tudo, olhava para aquela direção fazendo acenos com a mão direita, solicitando que viessem ao seu encontro. E que viessem rápido, correndo, pela maneira que gesticulava aflita o braço. Autorizado, um rapaz da companhia aérea que trabalhava horas antes no *check-in* da Rio-Sul do aeroporto, conduziu duas mulheres altas e elegantes em direção à aeronave. Uma pequena brisa, devido ao caminhar apressado, fazia balançar os cabelos longos das duas mulheres agora saídas das sombras do prédio do aeroporto em que cobriram os olhos com as mãos para evitar o contraste intenso da luz do sol.

No trajeto, as duas gesticulavam os braços e falavam alto como que discutissem alguma coisa séria, como a perda daquele voo, por exemplo. Naquele alvoroço de gestos e falas entre as duas, os passageiros assentados nas filas individuais, do lado esquerdo da aeronave, puderam presenciar quando a mulher mais velha, "provavelmente a mãe da jovem que a acompanhava" – isto, considerando as semelhanças físicas e fisionômicas entre as duas –, desvencilhou-se da sua companhia, caminhando mais depressa, deixando-a para trás. Nessa arrancada, e já acostumada com o brilho da luz da tarde em seu rosto, a mulher mais velha passou a mão direita nos cabelos, levando-os firmemente sobre a cabeça, num gesto espontâneo, quase teatral, erguendo o queixo enquanto olhava firme para o belo Jet-Class à sua frente. Ficou também para trás o rapaz da companhia aérea que as conduzia, desajeitado e contrariado, naquela missão, trazendo em sua mão esquerda uma tabuleta, e na direita o rádio comunicador. Em alguns instantes, a mulher mais velha chegara à cabine da aeronave, apressadamente, enquanto os outros dois, no trajeto, falavam de coisas sem importância. Olhou para trás, para fora do avião e percebeu que a filha e o homem caminhavam no mesmo passo. Por um instante, uma fração de tempo, em movimento, olhou firme para todos dentro do avião.

A maioria dos passageiros percebeu quando a senhora bem vestida, entrando esbaforida e com muita raiva, dirigiu-se para a fileira de número seis, parando no corredor voltada para as poltronas 6D e 6F, já ocupadas por um casal de idosos. Colocou-se ao lado deles, mostrando-lhes, de forma indelicada, os canhotos das passagens com os números dos respectivos assentos. Nesse momento, e antes mesmo que os dois velhos expressassem a menor reação, chegou a filha, falando nervosa com a mãe alguma coisa ininteligível, como também que queria se assentar na poltrona da janela. Apesar da interferência imediata da aeromoça morena de cabelo louro, dizendo às duas senhoras que os assentos daquele voo estavam liberados, as duas passageiras, mãe e filha, não arredaram o pé. Explicaram à sua maneira para a aeromoça, ainda constrangida pelo ocorrido, que elas somente viajavam em assentos de número seis e por isso mesmo compraram, como sempre fazem, as passagens com muita antecedência para evitar aborrecimentos como aquele...

A mãe nervosa chamava-se Grace Kelly Beatriz de Carvalho Toffel, uma socialite conhecida da região, e sua filha, Caroline Louise de Carvalho Toffel, uma jovem modelo de quase dezesseis anos, alta, magra e bonita, estavam de passagens compradas para o Rio de Janeiro, com escala em Congonhas. Caroline Toffel, como gostaria de ser reconhecida como modelo, na manhã do dia seguinte, seria avaliada por uma empresa de moda estrangeira, em desfile de roupas de praia na piscina e dependências de um hotel internacional na Barra, com reunião de boas vindas às modelos, marcada pelos organizadores europeus para as vinte e uma horas daquele domingo.

Mediante a situação criada com os assentos, o casal de velhos viu-se no constrangimento de sair daquelas poltronas de número seis, sob o protesto visível manifestado no rosto da maioria das pessoas que presenciaram a cena. O jovem recém--casado, que ocupava o assento do corredor, duas filas atrás, ofereceu-se para ajudar o casal de velhos na transferência de suas bagagens e reorganizá-las acima de suas novas poltronas. A senhora idosa não queria que suas coisas ficassem longe dela. Alertado sobre o conteúdo do que traziam numa caixa de papelão bem amarrada – um bolo especial de uma receita antiga dos cadernos de cozinha da família, feito em comemoração ao aniversário da filha que morava em são Paulo –, todos os pertences daqueles dois passageiros foram transladados com cuidado para o bagageiro localizado sobre os assentos da fileira de número treze. Uma fileira atrás da saída de emergência do avião, que permaneceu desocupada daquele lado. Assentaram-se os dois velhos logo à frente dos torcedores do Grêmio, instalados com suas bandeiras na fileira quinze.

Feita novamente a contagem dos passageiros do *Jet-Class*, e concluído que o número agora estava correto – vinte e nove passageiros embarcados, em seus assentos –, a aeromoça, a morena de cabelo louro, agora preso com um pequeno quepe azul e um coque ajeitado na nuca, anunciava pelo alto-falante que as portas iriam ser fechadas dentro de instantes. Pedia aos passageiros que desligassem seus aparelhos eletrônicos, "inclusive os celulares".

Entretanto, por algum motivo a porta da aeronave ainda permanecia aberta. Percebeu-se, na sequência da fala da comissária, a subida a bordo de um mecânico da companhia aérea que se dirigiu apressadamente à cabine de controle, sem mesmo cumprimentar a comissária que falava ao microfone. O homem alto de cabelos louros como um descendente polaco, ou russo siberiano, conversava com o Comandante. Apesar da porta da cabine permanecer entreaberta – deixando ver parte do corpo do mecânico, um pouco curvado –, o que falavam não era percebido nem mesmo pelos passageiros mais próximos, pois, com maior intensidade, ouvia-se o barulho das turbinas do avião vindo do lado de fora. Enquanto o mecânico permanecia conversando com o Comandante, a comissária interrompeu o aviso na expectativa de que tudo se resolvesse em pouco tempo. Um homem gordo, assentado na poltrona individual 4A, solicitou à comissária que se encontrava ao lado da porta de entrada, um pouco de água quente para o chimarrão. A moça pediu-lhe para esperar um pouco, enquanto aguardava a saída do mecânico para fechar a porta do avião e prosseguir com os avisos interrompidos. Observando que mais pessoas também se interessaram em encher suas garrafas térmicas para o mate, a comissária finalmente explicou que isso somente seria possível quando já estivessem em voo. Que daria um jeito para conseguir um pouco para cada um dos passageiros interessados, "mas somente após a decolagem, por motivos técnicos", completou.

Minutos depois, agora com o mecânico fora do avião e as portas fechadas, a mesma comissária resolveu repetir as instruções anteriores, rapidamente em português, e, na sequência, a mesma fala em inglês. Isto, conforme observaram alguns passageiros, mesmo sabendo que todos ali embarcados eram brasileiros, pois a mesma moça estivera também no controle das passagens na saída da sala de espera para a pista do aeroporto. Pelo visto, podiam ter pensado, "ela apenas obedecia ao protocolo".

– O inglês dela é muito ruim, não é mesmo? – Comentou com o colega à janela, um dos torcedores do Grêmio, o mais alto, assentado do lado do corredor, cadeira 15D. Já sabendo do início da partida entre o Grêmio e o Atlético Paranaense, o torcedor baixinho voltou-se para o colega:

– Deixa isso pra lá, e escuta aqui. – Disse, enquanto descerrava a cortina da janela à sua direita, para ficar um pouco mais da penumbra. Os dois homens assentados lado a lado em suas poltronas forradas com duas bandeiras do clube, de ouvidos colados, apesar do aviso, escutavam escondidos das comissárias, um telefone celular com muito interesse. O aparelho estava ligado, em viva voz, diretamente a um amigo, como combinado, que, para dar sorte, colocou o telefone da casa encostado em um antigo aparelho de rádio ligado na Rádio Uirapuru, a mais tradicional de Passo Fundo, que retransmitia o jogo narrado de forma inflamada pelo conhecido locutor Pedro Ernesto Denardin, da Rádio Guaíba de Porto Alegre.

A aeromoça morena e loura, vinda por de trás da aeronave em direção à frente, inspecionava a verticalidade das poltronas do avião – uma do lado esquerdo e duas do seu lado direito –, assim como a fixação dos cintos de segurança; o fechamento das mesinhas; as luzes e o conforto dos passageiros. Ao passar junto aos torcedores do Grêmio, e olhando para o homem que segurava o celular, solicitou que desligasse o aparelho, sendo atendida imediatamente.

Passados alguns minutos, ainda com o avião parado, aparentemente ouviu-se no alto-falante interno, como por descuido, um grito de gol, abafado e interrompido imediatamente pela voz pausada e perfeita do Comandante que saudava os passageiros embarcados:

– Senhores passageiros, é o Comandante quem vos fala da cabine desta aeronave. Juntamente com o copiloto Benfica, lhes desejamos boas vindas neste confortável "*Jet-Class, ERJ-145*", no Voo RG-4253, da Rio-Sul, iniciado em Porto Alegre com destino ao aeroporto Internacional de Congonhas, em São Paulo. – O copiloto, um engenheiro mecânico formado havia seis anos, Sérgio Augusto Jacob Benfica, apesar de ter apenas vinte e nove anos, aficionado pela viação aérea, pilotava jatos menores desde os vinte e três. Benfica, nome de guerra na aviação, era novo na Rio-Sul e fazia naquele dia o seu segundo voo ao lado do Comandante. Por solicitação deste, Benfica ficou encarregado de fazer o controle da fonia[5] naquele voo, operação que estava habituado desde quando iniciou seus estudos na aviação civil aos dezessete anos sob a orientação do pai, um tenente-coronel aviador da Aeronáutica. O rapaz "brevetou", na linguagem dos aeronautas, aos dezoito anos.

Naquela tarde, depois de dois dias fora de casa, Benfica deveria retornar a São Paulo para conhecer os pais da namorada. Os dois vieram do sul de Minas naquele fim de semana para uma visita rápida à filha, uma jovem enfermeira formada na USP, com especialização e experiência em lidar com pacientes queimados ou com grave doença de pele, e que trabalhava desde estagiária em um conhecido Hospital de Guarulhos. A

5 *Procedimento obrigatório feito pelo piloto ou pelo copiloto antes de decolar ou na aproximação durante o voo do aeroporto de destino.*

moça estava nervosa, conforme conversou com o namorado por telefone minutos antes, pois apesar de morar sozinha havia vários anos na capital paulista, e ser independente em tudo, sentiu constrangida quando a mãe observou que no varal do apartamento havia cuecas e outras roupas masculinas secando junto às suas. Além disso, na primeira gaveta do criado mudo da cabeceira da cama do seu quarto, cedido aos pais para maior conforto dos dois como sempre fazia quando era visitada por eles, o velho encontrou duas cartelas de camisinha junto com dois retratos da filha, abraçada ao namorado, com quase nenhuma roupa.

Benfica, preocupado, deveria falar naquela noite com o pretenso sogro em noivado em reunião familiar envolvendo também uma irmã e sua mãe com quem morava oficialmente em São Paulo há três anos. Os pais da moça, proprietários de um sítio na vizinhança de Santa Rita do Sapucaí, no Sul de Minas, deveriam retornar no outro dia pela manhã em atenção a alguém da família que ficara tomando conta do terreno e dos animais desde sexta-feira.

Depois de uma ligeira pausa, o Comandante continuou com suas instruções através do alto-falante de bordo:

– Estamos aguardando alguns poucos procedimentos para dar início ao nosso voo, previsto a princípio para as dezoito horas e trinta minutos. Ou seja, daqui a pouco mais de cinco minutos. Pedimos desculpas pelo atraso, com a certeza que não mediremos esforços para que tudo se resolva da melhor forma e que possamos ganhar algum tempo durante o nosso voo. Segundo a meteorologia, os ventos até São Paulo são favoráveis.

– O Comandante, na sequência, repetiu o mesmo anúncio, desde o início, em inglês.

Desta vez, apesar do sotaque carioca carregado, o Comandante teve o reconhecimento de que falava bem o idioma inglês pelo outro torcedor do Grêmio, o mesmo que trazia até a pouco tempo o telefone celular ligado. Disse ao amigo que pressentiu nele algo de gremista:

– Barbaridade, o gajo tava ouvindo o jogo, o nosso jogo! – Como o amigo deu de ombros, continuou mais firme:

– Tô falando, tu não viu? Acho que vou pedir à aeromoça para ir até à cabine e perguntar de quem foi o gol que ouvimos de relance, tchê. Deve ser nosso, acho que foi do Pitbull. – Falou mostrando-se agora muito agitado por não saber com certeza o que se passava e de quem teria sido aquele gol que ouvira por acaso pelo alto-falante.

– Bah, tá brincando, amigão? – Retrucou o colega. – O homem é carioca! Tu está ouvindo coisa, eu te garanto. Vai ver que ele tá na escuta do jogo do Palmeiras com o Flamengo, lá no Palestra Itália, em São Paulo. E isso lá interessa, tchê?

Os dois amigos permaneciam inconsolados, pois, de onde estavam, nas últimas poltronas do avião, escolhidas para que pudessem ficar o maior tempo possível ouvindo o jogo pelo celular, não tinham acesso às aeromoças. A tripulação de bordo, tendo apresentado os procedimentos internacionais de segurança, estava em seus assentos na expectativa de que o Comandante começasse o taxiamento da aeronave a qualquer momento. Estavam todos prontos, aguardando o início da viagem.

De dentro do avião, o professor Caldeira, assentado na oitava fileira, na poltrona individual 8A, observava que as luzes da sala de embarque estavam sendo desligadas e a porta trancada por dentro pelo homem que trouxera mãe e filha havia alguns minutos. No mesmo enquadramento de visão, percebeu um homem vestido com um macacão azul, possivelmente da companhia aérea. Depois de conversar com o mecânico que estivera a bordo do avião e que em seguida caminhou em direção a uma pequena mesa de madeira ao lado da porta de vidro da sala de embarque, o homem de macacão azul manobrava um pequeno trator atrelado a um tanque metálico com uma bomba de combustível. "Provavelmente", pensou o professor, "já abasteceram o avião. Talvez seja essa a causa da demora: falta de combustível." Concluiu.

Próximos ao professor Caldeira – do outro lado do corredor, na mesma linha de poltronas –, estavam os recém-casados que ainda se encantavam com suas alianças reluzentes. Os dois trocavam beijinhos enquanto repassavam algumas fotografias impressas que a moça trazia em um pequeno álbum de provas, apoiando-se no urso surrado de pelúcia acomodado sobre a saia rodada. Distraído e quase alheio ao que lhe apresentava mais uma vez a esposa, Carlinhos mostrou-se mais interessado em rever os documentos que levava para a viagem, como as passagens aéreas e as reservas de um hotel no Recife, onde ficariam hospedados durante uma semana, pela primeira vez: juntos, sozinhos, casados e em Lua de Mel. Aquela seria a primeira viagem de avião de Dorinha, a jovem esposa, desde que, ainda menina, voou do Aeroclube de Passo Fundo até o Aeroclube de Pelotas, retornando no dia seguinte, quando tinha apenas oito anos. Dorinha e seu pai foram levados por um padrinho, na semana do seu aniversário, a passeio, em um avião pequeno pertencente ao deputado da região, que também transportava produtos e iguarias de sua fazenda em Passo Fundo, distribuídos entre o corredor e os poucos assentos livres. Em suas lembranças, o cheiro do que o deputado transportava em caixas e sacolas, contribuiu para exacerbar o enjoo e náuseas que sentira.

"Desta vez, vai dar tudo certo!" Pensava positivamente ao lado do marido sem se deixar perceber que estava muito ansiosa, sobretudo devido ao voo, pois tinha medo de decepcioná-lo, mostrando-se fraca. Medo de experimentar mais uma vez os maus momentos daquela viagem que fez na infância, ainda vivos em sua lembrança.

Carlinhos, entusiasmado, mostrou para a esposa um panfleto impresso em papel grosso, de quatro dobras, da cor vermelha, com a Praia de Porto de Galinhas como fundo e a palavra PERNAMBUCO destacada na diagonal do encarte. Comentaram sobre os locais de interesse previamente marcados à caneta, formando um círculo vermelho para as escolhas da Dorinha e azul, para os locais escolhidos por Carlinhos. Havia também marcações duplas, com as duas cores, sobre um mesmo local de interesse comum, mas em menor número. O marido queria conhecer todas as praias importantes da capital, começando pela Praia da Boa Viagem, onde ficariam hospedados, além de outras mais distantes e por isso reservaram, por um preço especial, um carro da mesma agência multinacional de locação de veículos que o rapaz trabalhava havia um ano em Passo Fundo. Para as viagens no interior de Pernambuco, para conhecer as curiosidades e pontos turísticos das cidades o pai da Dorinha emprestou para o casal um Guia Quatro Rodas 2004, com um mapa rodoviário do Brasil. Para melhor controlar as rotas, marcando-as em uma caneta vermelha, Carlinhos tirou daquele mapa um xerox do Estado de Pernambuco, marcando nele, além da estrada até Porto de Galinhas, a que vai de Recife até Caruaru, onde Dorinha queria conhecer, além da famosa feira, o Alto do Moura. Queria conhecer o trabalho dos artesãos, o Museu do Barro e comprar uma pequena lembrança dos novos artistas, herdeiros do Mestre Vitalino. Seu pai fez este roteiro para a filha, sabendo do seu interesse pela cultura e artesanatos do nordeste que costumava ver em casa, levados pelo pai quando retornava de alguma viagem de trabalho pela empresa. Dorinha, por sua vez queria também conhecer todos os museus da capital, os lugares históricos e o centro antigo do Recife, recentemente renovado, segundo o pai. Mas, o seu sonho maior era o de conhecer Olinda. Na verdade, conhecer a Igreja da Sé, onde há vinte e um anos sua mãe, em lua de mel foi fotografada pelo pai, assentada em um muro da igreja, deixando ver ao fundo as praias ensolaradas de Recife... "Estava linda", pensava.

Dorinha guardava com muito carinho essa fotografia, a única em que se podia ver um pouco da barriguinha volumosa da mãe onde a menina, protegida, ainda ficaria por mais cinco meses. Andava sempre com uma cópia dessa fotografia na bolsa. A original, inclusive com os negativos com outras preciosidades daquela viagem da mãe à Olinda, era guardada em casa junto com suas lembranças mais valiosas. "Minhas relíquias", como sempre dizia.

A viagem de lua de mel de Carlos e Dora ao Recife, com algumas despesas cobertas pelos dois, foi um prêmio recebido por Dorinha, com hotel e passagens pagas, com direito a um acompanhante, por ter vencido um concurso nacional de monografia promovido pela Secretaria de Turismo de Pernambuco, no mês de maio daquele ano. Um concurso destinado aos alunos do quinto ao sexto períodos do curso de turismo em faculdades brasileiras com o tema: "*Turismo e Sustentabilidade em Pernambuco*". Dorinha era uma aluna aplicada do sexto semestre da segunda turma do curso de Bacharelado em Turismo da Universidade Federal de Pelotas. Incentivada pelo mesmo padrinho do seu primeiro voo de avião, Dorinha, no início de 2002, com dezoito anos, havia se mudado de Passo Fundo para Pelotas por ter passado no vestibular do recém-criado curso de Bacharel em Turismo da Federal da cidade.

Envolvida nesses pensamentos em que também comentava um pouco dessas lembranças com o marido, da experiência malsucedida naquele voo no passado, Dorinha percebeu ser observada com curiosidade pela senhora assentada na poltrona 6D, a Grace Kelly, que bem ou mal escutava a conversa dos recém-casados. Não deu importância ao fato, apesar de ter reduzido a altura da voz, voltando-se novamente a observar com atenção ao que lhe mostrava o marido.

Mais à frente da aeronave, o pequeno Ricardo e a mãe, assentados nas poltronas 3D e 3F, na primeira fileira dupla disponível aos passageiros, estavam também prontos para a partida. O menino, ao lado da janela do avião, parecia bem, pois conversava com entusiasmo com a mãe, ora em português, ora em italiano que aprendera com o pai, que só falava com o menino na sua língua. A mãe, aparentemente entristecida, estava com o coração aflito, contendo-se para não chorar mais na presença do menino. Isto porque, Ricardinho estava sendo levado até São Paulo, de onde embarcaria sozinho na noite daquele domingo para Milão, na Itália, onde o pai o aguardaria depois de mais de um ano de ausência. O menino estava eufórico com a possibilidade de rever o pai com quem conversava duas ou três vezes por semana, principalmente nos últimos dias, quando as ligações passaram a ser diárias. A mulher estava angustiada em deixar o filho viajar sozinho, mesmo que conduzida pelas aeromoças, estaria no meio de estranhos numa viagem longa, pois, conforme lhe disseram podia durar mais de doze horas. "Doze horas, imagina? E sem ninguém para tomar conta dele, cobri-lo se perceber que poderia sentir frio ou mesmo protegê-lo quando ficar com medo à noite... Meu Deus!". Pensava, com o coração apertado.

Graça Maria Albânia Jacinto, a mãe do Ricardinho, teve um relacionamento de seis anos com o pai do menino, enquanto este morou no Brasil, vindo como técnico de uma empresa italiana de máquinas agrícolas que tinha negócios nos estados do Sul. Apesar de desconfiada com algumas atitudes do companheiro durante o período em que viveram juntos, a coisa ficou feia quando Graça Maria descobriu que o Fratelli, o pai do Ricardinho, era casado e com família na Itália. Ele dizia que não! "Que não tinha nada mais a ver com aquela mulher, pois já estava separado de fato havia mais de dez anos, mas que a italiana não lhe daria o divórcio, sem extorqui-lo, sem massacrá-lo, por ódio ou por loucura de mulher, sabe-se lá por quê?".

Apesar de o menino ser registrado no nome dos dois, da Graça Maria e do Fratelli, quando o pai retornou para a Itália, sob o pretexto de que havia acabado seu contrato de trabalho com a empresa italiana e que ele não conseguia evitar os ciúmes da brasileira, o menino permaneceu com a mãe, no Brasil. Desde então ficaram sem corresponder por alguns meses, quando a saudade despertada no pai, que gostava muito do pequeno, lhe mostrou que era hora de telefonar para o Brasil, apesar do rompimento com a ex-companheira. Graça, que a princípio não atendia os telefonemas de Fratelli, apesar de receber dele uma mesada de seiscentos euros, todo dia cinco, ficou emocionada quando um dia – sem que ela percebesse que o telefone da sala havia tocado –, Ricardinho conversava em italiano com alguém ao telefone. Era o pai!

De lá para cá, ainda que os dois não manifestassem o desejo de reatar os laços devido às circunstâncias – sobretudo porque Graça Maria já estava morando com outro companheiro havia três meses –, procuraram tirar um passaporte brasileiro para o menino, com autorização para que ele pudesse viajar sozinho, ou em companhia somente da mãe, ou mesmo somente com o pai. O que deu um grande trabalho devido à ausência do Fratelli na expedição do passaporte em Porto Alegre. Por causa disto, devido à burocracia e exigências da Polícia Federal brasileira, a moça teve de ir ao consulado italiano na capital gaúcha inúmeras vezes para obter as certidões necessárias para a expedição do passaporte com essas prerrogativas, sem sucesso. Fratelli, radicado próximo à família italiana, em uma cidade pequena entre Turim e Milão, por seu lado, também se esforçou para enviar toda a documentação necessária através do Consulado Brasileiro desta última cidade, para que o passaporte do menino pudesse ficar pronto, a ponto de passar as festas de fim de ano com a família Fratelli na Itália. Como não foi possível conseguir um passaporte brasileiro em tempo, e as passagens aéreas já estavam compradas pelo pai há quatro meses, e somente para o menino, Fratelli obteve com mais facilidade um passaporte italiano para o filho em Milão, com as necessárias autorizações, de ambos os lados, melhor facilitadas.

– Senhores passageiros, daremos início ao nosso voo dentro de instantes. O tempo em São Paulo é bom com temperatura na casa dos vinte e sete graus. – Comunicou a todos, da cabine, o Comandante.

O professor Caldeira, na expectativa da partida do avião, abriu o seu livro em uma página marcada por uma delicada paleta de marfim desenhada com motivos africanos de baixo relevo. Pegou lentamente aquele marcador virando-o de um lado a outro, buscando perceber os desenhos marcados a fogo sobre a fina lâmina amarelada pelo tempo. Por um momento, de cenho franzido, encostou um dos seus lados sob o lábio inferior, numa postura de quem se recordava de algo relacionado com aquele objeto. Lembrou-se da última viagem que fez à África do Sul, em 2000, acompanhado como sempre de sua mulher que lhe deu o marcador de presente naquela ocasião. O professor participava de um simpósio Afro-Brasileiro sobre a Filosofia do Ubuntu, uma espécie de ética filosófica que valoriza conciliação e a humanidade compartilhada. O evento ocorreu na Universidade da África do Sul, em Pretória, com a participação de representantes de diversos países do mundo.

Caldeira representava a Universidade de São Paulo, a USP, e o Brasil. A palestra de abertura do evento foi proferida pelo próprio Nelson Mandela, pregando a importância da reconciliação e do perdão. Da sua experiência em lidar com sentimentos incontroláveis de raiva e de vingança do indivíduo quando dele são subtraídas as últimas forças e esperanças, onde somente a identidade compartilhada da filosofia Ubuntu é capaz de superar barreiras intransponíveis da mente atormentada. O professor Caldeira já conhecia Mandela, pessoalmente, de outros encontros. Nessa ocasião, percebeu, pela primeira vez, que sua mulher apresentou sintomas da doença...

Trazido repentinamente ao presente, saiu de suas lembranças quando intuiu que o avião começara a se movimentar, enquanto as luzes da cabine foram reduzidas. Por instinto, visando a preservar a claridade perdida, levou a mão acima para acender a luz direcional localizada sobre a sua cabeça. Esse gesto foi interrompido quando viu penetrar pela fresta deixada na escotilha da janela, ao lado, um feixe de luz do sol, bem baixo no horizonte, que chicoteava as poltronas do lado oposto, como uma lanterna, enquanto o avião girava buscando a direção do caminho indicado pela Torre que o levaria à pista. Notou num movimento ao seu lado, que os recém-casados abraçaram-se satisfeitos por saber que o grande sonho dos dois começava a ser concretizado. Carlinhos dobrou o encarte de Pernambuco e o guardou no compartimento de revistas à sua frente. Ajeitou-se na poltrona e deu um beijo na face da mulher que, agradecida e feliz, olhou para ele em seguida com ternura. Dorinha, entretanto, continuava assustada e com medo de ter a mesma experiência do passado, pois se lembrava daquele último e único voo de sua vida quando passou muito mal, vomitando nos dois trajetos entre as duas cidades para o desconsolo do pai e do padrinho que não souberam conter o enjoo da menina. Não tinha boas lembranças. Percebendo o que se passava, num gesto carinhoso, Carlinhos segurou com firmeza as mãos da esposa, para ajudar a dispersar tais lembranças e percepções naquele início de viagem. Temia também pelo próprio voo, pois se percebeu com medo de que ocorresse algum acidente que a impedisse de visitar a catedral da Sé, em Olinda, onde queria sentir um pouco mais a presença da mãe e tirar uma fotografia no mesmo lugar e nas mesmas condições. Em sua bagagem, despachada com suas roupas e pertences, estava também a saia rodada estampada que a mãe usara naquela foto. Queria uma fotografia igual aquela, dentro do mesmo contexto.

Sentados atrás dos casadinhos, nas poltronas 10D e 10F, João Manuel e Olga liam com muita atenção algum tratado de medicina de suas especialidades. De vez em quando, trocavam ideias sobre diagnósticos possíveis de uma ou outra doença mais afeta às suas escolhas e que pudessem cair na prova de seleção para a Residência do Albert Einstein. Começaram seus estudos para o concurso desde o mês de julho daquele ano, em que ambos tiraram duas semanas de licença onde trabalhavam. Uma dessas semanas passaram em Campina das Missões, numa espécie de retiro para um tirocínio mais controlado das suas atividades de estudo para o concurso. Nessa ocasião, o rapaz ficou hospedado na casa do Avô de Olga, onde foi criada, num sítio retirado do centro. A outra, semana continuaram seus estudos em Passo Fundo. Gostavam de estudar juntos, pois, como percebiam, faziam uma boa dupla de pesquisas desde o início do curso na faculdade.

Olga Korotkova foi uma das primeiras colocadas no curso de medicina da UFRGS e recebeu uma medalha especial pelo seu desempenho em todos os semestres. As notas acumuladas e sua dedicação ao curso sempre lhe favoreciam obter estágios ou viagens de pesquisas no Brasil e no estrangeiro. Sentia-se preparada e tinha boa expectativa de passar no exame de seleção que faria em São Paulo, no dia seguinte. Chegara de véspera em Passo Fundo, hospedando-se, como sempre fazia, em um hotel no centro da cidade, próximo à Praça Marechal Floriano. Vinha de Campina das Missões onde foi visitar o avô, já enfermo, com exatos noventa anos, que queria abraçar a médica da família, pois no estado em que se encontrava de repente, debilitado, não foi possível ir até Porto Alegre assistir à formatura da neta, ocorrida havia duas semanas. Era o seu orgulho.

O avô tivera duas filhas e apenas um filho temporão, o pai de Olga, Wladimir, nascido quando o velho Korotkoff tinha quarenta anos, em 1954. Tinha orgulho da única neta que trás o seu sobrenome, Korotkova, conforme a tradição russa. Como seus pais morreram muito jovens, Olga não teve irmãos. Apenas dois primos mais velhos, filhos de uma tia que morava em Santa Rosa e outro, filho da tia mais velha, já casado e com filhos maiores, ambos morando em Ijuí. Reuniam-se todos os anos na casa do avô, nas festas do mês de outubro de Campina das Missões, coincidente com o aniversário do velho Korotkoff, dia nove de outubro, e na passagem do ano que emendavam com o dia do natal, uma semana depois, comemorado pela igreja ortodoxa no dia sete de janeiro.

Boris Korotkoff, o avô de Olga, era muito religioso, assim como a maioria dos seus compatriotas que encontraram na fé um elo forte, dentro da colônia, o que lhes ajudou a vencer as dificuldades, desde os primeiros tempos, quando não havia nada na região além de matas e bichos, vencidos com a ajuda comunitária dos conterrâneos. “Foram tempos difíceis, mas a força da igreja nos permitiu sobreviver”, dizia o avô, nas rodas de conversa entre os velhos russos de Campina das Missões, em que Olga, algumas vezes, escutara quando menina. Certa vez, Olga, que já fizera nove anos no verão de 1991, foi com o avô e a velha tia à Santa Rosa conhecer o novo padre que chegara da Rússia com a mulher. O avô fazia questão que a neta acompanhasse atentamente todos os cânticos e o rito com leituras em russo, ora em português. Naquele dia, tratava-se de conhecer o primeiro sacerdote da Igreja Ortodoxa Russa que chegara de Moscou, depois da Perestróika. A colônia estava radiante, sobretudo os velhos imigrantes e os filhos da primeira geração. Pois, conforme diziam, o padre era novo, com vinte e três anos apenas, o que possivelmente poderia atrair à Igreja os jovens que não mais se identificavam com o rigor do rito da Igreja Ortodoxa, observado pela baixa frequência dos rapazes e moças – netos e bisnetos dos imigrantes – cada vez em menor número das missas dominicais.

Os mais velhos, os poucos ainda vivos e com saúde na colônia, remanescentes dos primeiros que chegaram à região a partir de 1909, queriam ouvir do novo padre sobre as novidades da terra, pois depois da queda do Muro de Berlim, em novembro de 1989, e o desfalecimento do Bloco Comunista, abriu-se uma chance muito grande de obterem notícias mais confiáveis da Rússia. Além disso, comemoravam-se, naquela época, os completos oitenta anos do início da imigração russa em Campina das Missões. Depois da cerimônia religiosa, em que compareceu a quase totalidade de emigrantes russos da região, assim como de outros compatriotas provenientes de Oberá, na Argentina, quando o padre já finalizava os cumprimentos aos fieis na saída da Igreja, Boris, ao perceber a proximidade do sacerdote – um homem magro, alto, muito branco, de cabelos castanhos e olhos claros, com uma barba ainda curta – apresentou-lhe a neta:

– Olga, cumprimente o padre, filha. Fale com ele em Russo, pois ainda não sabe bem o idioma do Brasil. – Olga, curvando-se um pouco, beijou a mão do sacerdote saudando-lhe como o avô havia pedido. Ao lado do sacerdote estava sua mulher, uma jovem de vinte anos, grávida do primeiro filho. Nesse momento, o jovem padre retirou do bolso da batina preta, com a mão esquerda, duas pequenas cópias de dois ícones sagrados, plastificadas que trouxera para momentos como aquele, beijando-as em seguida. Olga era a única criança naquela cerimônia religiosa. O padre olhou de frente para o avô e a neta, levantou a mão esquerda com as cópias acima da cabeça, fechou em seguida os olhos e fez o sinal da cruz em respeito aos ícones sagrados que segurava.

Ao completar o gesto, curvando-se até tocar o chão com os três dedos da mão direita, juntos, formando a tríade sagrada, o jovem padre, cerimonioso, permaneceu assim, curvado, frente à menina que o acompanhava muito atenta com os olhos bem abertos. Em seguida, agora agachado, antes de beijar novamente os ícones em sua mão, pronunciou algumas "palavras santas", colocando-os nas mãos da menina, fechando-as em seguida com as suas. Olhando diretamente nos olhos de Olga, no mesmo nível do seu rosto pediu-lhe, em russo, que os guardasse com carinho por toda a vida, pois, segundo enfatizou o padre, tratava-se do ícone da "milagrosa Nossa Senhora de Wladimir com o Santo Filho, na estampa do lado esquerdo e do Senhor Jesus, no lado direito". De pé, o velho avô Boris, que segurava os ombros da menina por trás, apertando-a junto a si, percebeu-se com os olhos lacrimejando e o coração ofegante ao sentir lembranças e saudades que o envolviam naquele momento. Lembrou-se imediatamente do filho Wladimir. O pai da Olga.

Pelo fato do padre ter recentemente celebrado a Santa Missa, e pela proximidade que ainda, agachado, achava-se junto da menina, à sua frente, Olga percebeu o cheiro do incenso que se desprendia da batina negra do jovem padre russo naquele momento. Um cheiro agradável e envolvente que aprendera a identificar desde pequenina quando ficava assentada na escada do altar, atenta à liturgia, durante as missas celebradas de vez em quando na pequena igreja ortodoxa da Linha Paca Sul, em Campina das Missões. Nessas ocasiões, atenta ao que se passava, observava quando o sacerdote caminhava de um lado para o outro do altar, balançando o turíbulo que pendulava em direção aos quatro cantos da igreja, deixando um rastro de fumaça que se dispersava no ambiente.

Lembrava-se também que naquele dia na porta da igreja, ao lado do padre recém-chegado, estava também a sua mulher que a observava com ternura, pois Olga era uma criança alegre e carismática. Grávida de nove meses, a jovem esposa do sacerdote esperava um menino que nasceria ainda naqueles dias de fevereiro. Percebendo o sorriso nos olhos de Olga, a esposa grávida, ao lado do marido, aproveitando o momento em que a menina recebera de presente os ícones sagrados, adiantou-se dizendo à menina e ao avô que estava esperando o primeiro filho do casal e que o menino se chamaria Wladimir, em homenagem à Santa Virgem Maria de Wladimir. E, além disso, era também uma homenagem ao seu irmão, que tinha o mesmo nome, e de quem tiveram a notícia havia duas semanas, assim que chegaram ao Brasil, que teria falecido de ataque cardíaco em Moscou.

Naquele instante, sem saber explicar o motivo, se um desígnio dos santos, ou uma iluminação, a menina teve a vontade e a certeza de se formar médica. Médica de parto, como diria mais tarde, para poder ajudar as mães a darem a luz, e especialista em doenças do coração, para cuidar das pessoas mais velhas de ataques cardíacos. Mais tarde, a neta adiantou esse desejo ao avô, quando estavam a caminho de volta para a casa em Campina das Missões, no final da festa daquele domingo. Nesse momento, o avô apenas ouvira atento o que lhe confessara a pequena neta.

Olga, nunca mais se esqueceu desse momento que passou ao lado do avô naquele domingo, em Santa Rosa, cheio de coincidências, e do doce olhar daquela mulher, tão bonita esperando o seu bebê. Por um momento gostaria de ser também filha daquela mãe tão doce e bem-aventurada. De poder compartilhar com os jovens russos recém-chegados à região, ao lado do bebê Wladimir e de outros que certamente viriam no futuro, de uma casa cheia de irmãos, meninos e meninas. Com esses pensamentos, ainda em formação em sua cabeça, e em agradecimento ao presente que ganhou do jovem padre, a menina perguntou ao casal se eles não poderiam morar na sua casa, com o avô e a tia velha, já que o padre e a mulher não tinham parentes no Brasil.

– Nossa casa tem quartos vazios, e vocês poderiam morar com a gente, em Campina das Missões, não é mesmo, vovô? Assim seriamos uma família grande, com pessoas novas e velhas em casa. Nossa casa fica perto da igreja, onde você poderia celebrar a missa... – Argumentou a pequena Olga, já se despedindo do casal, que depois de abraçá-la se dirigiu para um galpão coberto, ao lado da igreja, onde haveria um almoço preparado pelos amigos da região.

João Manuel Augusto de Oliveira Sobrinho, sentado ao lado de Olga, na poltrona 12D do voo RG-4253 da Rio-Sul, era filho de pais brasileiros que moraram durante vários anos na capital gaúcha até que se mudaram para a região de Passo Fundo no início dos anos 1980. Seu pai, funcionário de carreira do Banco do Brasil, passava de uma gerência à outra em cidades do interior, quando os filhos ainda eram pequenos. Estabeleceram-se definitivamente em Passo Fundo em 1990, quando a irmã mais velha de João Manuel entrou para o segundo grau.

2

– O avião já está se movendo, deu pra ti sentir, José? – Perguntou a senhora idosa ao esposo, satisfeita com o início da viagem...

– Bah, mas é claro que sim! Pois tu não viu que o sol mudou de lugar, Maria? Mas como o sol não anda depressa, andou o avião! – Concluiu o velho senhor, caçoando amorosamente de mãos dadas com a velha companheira.

Acomodados em suas poltronas desde a transferência desajeitada da fileira seis, os velhos conversavam minutos antes sobre a filha que morava em São Paulo, casada com um homem que conheceu quando ainda trabalhava na secretaria de obras do governo gaúcho. Na ocasião, o Marinho, como era chamado pela família, o futuro marido da filha, trabalhava para o governo do Estado de São Paulo. Dona Maria gostava desse genro e, com o passar dos anos, já casados, Marinho percebia que a sogra fazia todos os seus agrados, sobretudo porque os dois eram do mesmo partido político, mesmo contrariando o marido José que achava que gaúchos deveriam votar em partido cuja base também fosse gaúcha. Quando suas filhas eram pequenas, dona Maria escutava escondida do marido os discursos inflamados do Carlos Lacerda, através da Rádio Mayrink

Veiga do Rio de Janeiro. Segundos as filhas, o pai sabia, mas fazia que não, para respeitar a escolha da mulher que, segundo dizia, "tinha apenas esse defeito".

O velho José, com oitenta e cinco anos completos, aposentado da antiga Coletoria Estadual, rio-grandense-do-sul, foi filiado no passado ao PTB de Vargas desde 1945, depois se filiou ao PDT de Brizola, a partir de 1980 quando este perdeu a legenda do PTB para Ivete Vargas, neta do caudilho. "Mas não é a mesma coisa!". Gostava de falar assim com os amigos de sua idade, agora poucos, que ainda se assentavam nas manhãs de sol na Praça Marechal Floriano, a Praça Central de Passo Fundo, para falar de suas lembranças, depois de rezar um pouco na Catedral de Nossa Senhora Aparecida. Mas, na verdade, o velho Zeca, como era conhecido pelos amigos do passado, gostava também desse genro, aliás, o único que se deu bem na vida, pois os outros três, que ainda moravam na região de Passo Fundo, casados com as outras filhas, não lhe davam desprazer, mas, prazer, também não.

O torcedor do Grêmio ao lado da janela do avião, inconformado, ainda tentou ligar o telefone, aproveitando a distração da aeromoça assentada na poltrona 18A, sem sucesso. Assim que ligou o aparelho percebeu que a bateria havia acabado, dando três apitinhos característicos no seu Nokia bastante usado. Virou-se de lado e pediu o telefone do amigo para completar a ligação, sem se importar com os avisos e proibições. Recebeu um categórico não. Para justificar a negativa, o gremista do corredor lembrou que a aeromoça de cabelos pintados de louro, estava assentada atrás deles na poltrona 18A. "Que não havia meios de ligarem o telefone sem serem advertidos mais uma vez". Depois de dar uma olhada despistada com o canto do olho esquerdo para as fileiras de trás, para se certificar daquela presença na poltrona 18A, comentou:

– Mas que Barbaridade!... Ela está de olho, não falei pra ti? Espere mais um pouco pra ficares sabendo, tchê. Aguarde o avião levantar voo, tenha paciência. Reze um pouco que vai passar a tua ansiedade, homem! – Depois de um pequeno riso irônico, completou:

– Reza pro nosso Grêmio e pra ti ficar aliviado, meu índio velho. Agora tens que aguentar o tirão. Não tem mais volta. Reza que dá, tchê!

– Tá bom, tá bom! Vou esperar como tu quer, mas somente pra não saíres falando por aí que eu sou mais fanático do que és. Tenho certeza de que a loura vai conseguir as informações sobre o jogo, e, quem sabe, o Comandante poderia até...

Nesse mesmo instante, enquanto falava, perceberam-se que as luzes do avião se apagaram completamente, ficando apenas as de emergência, enfileiradas e paralelas ao longo do piso do corredor. Repentinamente, os corpos dos passageiros foram projetados para frente, devido à freada involuntária ocorrida naquele momento, pois o avião e as duas turbinas do belo Jet-Class, ERJ-145 da Embraer, empacaram repentinamente, sem sinal de vida. Os passageiros se assustaram olhando-se entre si como a buscar uma explicação para aquela parada brusca. O homem gordo da poltrona 4A, distraído, no momento da freada brusca do avião, deixou cair no corredor a cuia do chimarrão que segurava com a mão direita. Fazendo um barulho oco, ao deixar para trás um rastro de erva empapada, a cuia, rolando como uma bola de bocha, foi parar nos pés da comissária de bordo, assentada à frente, lambuzando de verde oliva suas meias brancas, por não ter percebido a chegada repentina da cuia.

O avião estava parado a pouco mais de cem metros do local de embarque. O interior estava iluminado apenas pelos raios do sol que penetravam tênues, mas insistentes, agora pelas janelas do lado direito, voltadas um pouco inclinadas para o poente. A comissária, refeita do susto, assentada próxima à cabine do avião, de frente para os passageiros, ao mesmo tempo em que apanhava a cuia do chimarrão que estava caída em seus pés e limpava as meias, pediu a todos que permanecessem em seus lugares, pois logo tudo iria voltar ao normal. A que se encontrava na poltrona individual 18A, na última fileira da aeronave, repetiu o mesmo aviso: "que aguardassem as instruções". Por alguns segundos houve silêncio, enquanto os espíritos se refaziam.

O casal de velhos comentava preocupado a propósito do que estava ocorrendo por perceber que alguma coisa havia acontecido. De onde estava, na poltrona do corredor, e sem se levantar, o velho Zeca dirigiu-se ao passageiro localizado à sua esquerda, na poltrona individual na fileira atrás da sua, indagando-o sobre o problema. Percebendo a sua preocupação, ainda que também não soubesse muita coisa, o senhor lhe disse que era certamente algum problema conhecido, mas que avisariam a todos tão logo tivessem uma explicação definitiva. "Afinal, até aquele momento não deram maiores informações", pensou. Enquanto falavam, a aeromoça loura, percebendo que as pessoas começavam a ficar inquietas, levantou-se e caminhou diretamente para junto do casal de velhos, tranquilizando-os, dizendo que iria até à cabine de comando saber sobre o ocorrido e retornaria em seguida com maiores informações.

No trajeto, repetiu as mesmas palavras para as demais pessoas nas várias vezes em que foi interrogada pelos passageiros.

– Assim que tomar pé do problema os senhores serão comunicados. Aguardem em seus assentos, por favor.

Eram exatamente dezoito horas e trinta minutos, quando o Comandante, de dentro da cabine de controle, abriu um pouco a porta e chamou pela comissária de bordo que estava próxima. Conversaram um pouco, com a moça ainda assentada, através da porta entreaberta. Depois de algum tempo, a comissária levantou-se e entrou na cabine, fechando a porta atrás de si. Isto, depois de ter devolvido a cuia vazia para o passageiro da poltrona 4A. Momentos depois, assim como a primeira comissária, a aeromoça loura acercou-se da conversa na cabine de controle do avião, desta vez com a porta entreaberta, mas de olho também no que acontecia junto aos passageiros que já começavam a ficar inquietos. Atenta ao que se passava, retornou ao corredor para atender a uma passageira que solicitara, através de gestos, um copo d'água, pois precisava tomar um remédio.

Ricardinho Fratelli, percebendo que algo diferente estava ocorrendo naquele momento, perguntou à mãe "se o avião não ia mais subir". Sua mãe respondeu que sim, mas que houve algum contratempo que o Comandante iria certamente resolver.

– O que é contratempo, Mamãe? O moço não concordou com o moço do tempo? – Indagou o menino que estava atento às explicações da mãe.

– Contratempo é o mesmo que imprevisto. Imprevisto é o mesmo que levar um susto com alguma coisa que estava escondida e somente você não sabia. De repente, essa coisa aparece assustando a gente, mas somente porque não foi visto primeiro, entendeu? Uma coisa que não tinha sido esperada e aconteceu. Só isso! É isso o contratempo. Deve ter acontecido com o Comandante alguma coisa que ele não sabia que iria ocorrer; daí a palavra contratempo.

– Trilegal! Então o Comandante foi assustado por alguém, Mamãe? Mas isso não é perigoso, ainda mais dar um susto no piloto dentro do avião? Você mesmo briga comigo, Mamãe, quando sou traquina e estás dirigindo o carro. Num avião, acho que é bem mais perigoso. O que tu acha?

Aproveitando a presença da aeromoça loura que levara água à passageira da fileira cinco, Grace Kelly perguntou com um pouco de dúvida sobre se a aeromoça sabia o que acontecia, pois estavam demorando muito a dar explicações. Comentou que, assim como ela, certamente outros passageiros também se sentiam incomodados com a falta de informações.

– Além do mais, o calor dentro do avião está ficando insuportável. – Argumentou a passageira abafada, inclusive apontando com as mãos a entrada direta do sol vindo do poente.

Percebendo a irritação da mulher da poltrona 6C, a aeromoça lhe disse com muito jeito, que dentro de alguns instantes o Comandante deveria anunciar os procedimentos ao caso. Pediu que a senhora aguardasse mais um pouco assentada como os demais passageiros, que dentro de alguns instantes voltaria com as informações.

– Escuta aqui moça, eu não vou esperar como nenhum outro passageiro, não, estás me ouvindo? – Assustada, a aeromoça recuou o corpo, dando um pequeno passo para trás, tentando se refazer do incômodo daquela fala até encontrar uma resposta bem pensada. Percebendo, a mulher atacou.

– É pra ti que eu falo, Chinoca[6]. Não te afaste! Eu não quero saber de ninguém. Quero saber o que está acontecendo com este avião, pois já estamos parados há muito tempo aqui, neste calor. Mesmo depois de tanto atraso não percebo a menor atenção ao que realmente é importante. Eu quero uma explicação. Eu não vou ficar aqui esperando nem mais um segundo, está bem?

A mulher, irritada, disse assim enquanto destravava o cinto de segurança, fazendo gesto de quem iria se levantar e continuar suas reclamações frente a frente com a aeromoça, quando sua filha, pegando firme com as duas mãos em seu braço direito, forçou-a novamente contra o assento de modo a que se assentasse e ficasse quieta, dizendo:

---

6 *Expressão gaúcha que quer dizer mulher de peão com mais de trinta anos.*

– Pelo amor de Deus, Mãe, que mico! Tu não começa de novo, não, Mãe, já pedi pra ti lá fora! Para com isso, por favor! Que mico!...

Enquanto Ricardinho, esperto, presenciava a cena, voltando-se para trás, rodando o corpinho e olhando entre as poltronas o que estava acontecendo com as mulheres que falavam alto, a aeromoça um pouco sem graça disse finalmente que iria mais uma vez até à cabine buscar orientações com o Comandante.

Depois de alguns momentos de silêncio, e como o alto-falante não funcionava, apareceu de relance o Comandante que, pessoalmente, explicou a todos que houve uma falha na segunda tentativa de dar a partida no avião. Por causa disto, segundo ele, o manual do *Jet-Class*, o ERJ-145, da Rio-Sul, determinava ser necessário aguardar cerca de trinta minutos até a próxima tentativa e por isso mesmo solicitou a todos que aguardassem em seus lugares.

Nesse mesmo tempo, ouviu-se uma voz masculina vinda de trás perguntando se seria possível que os passageiros aguardassem esse tempo na sala de embarque, onde poderiam ter mais conforto. Alegava que o calor dentro do avião já estava se tornando insuportável. O Comandante, respondendo com gestos e palavras, ficou de verificar imediatamente com o sistema de controle do aeroporto, e que retornaria logo em seguida com a notícia que, a princípio, julgava ser favorável. Na sequência, enquanto o Comandante virou-se de costas e caminhava em direção à cabine, a mesma pessoa gritou lá do fundo:

– Comandante, Comandante! Assim a gente vai poder assistir ao jogo, tchê! Veja, Comandante, que estamos contando contigo. Estamos contigo! – Bradou o torcedor baixinho, o que estava junto à janela, agora de pé, enquanto balançava efusivamente a bandeira do Grêmio.

3

Na sala de embarque, as pessoas que retornaram do avião já se acomodavam de alguma maneira, pois não havia poltronas e bancos suficientes para todos. No percurso entre o avião e o prédio do aeroporto, os mais interessados pela natureza observaram no poente, bem no horizonte, que o céu começava a tomar contornos alaranjados em contraste com um enorme azul que sustentava algumas nuvens grossas, esparsas, permeadas com tufos rosados entre luz e cinza escuro. A sombra das pessoas que caminhavam em fila entre o avião e o prédio se estendia por dezenas de metros sobre o asfalto, à direita, formando um reticulado descontínuo, como um código de barras gigante, indecifrável, em movimento.

Um pequeno trator de reboque aproximou-se da aeronave. Havia duas pessoas naquele veículo conforme observou o professor, atento a tudo que ocorria entre o avião e a sala de embarque. Observou que uma delas era o mesmo mecânico que esteve no avião e conversara com o Comandante, minutos antes do fechamento da porta. O outro, o motorista do trator, era também o mesmo homem de macacão azul que transportava o tanque e a bomba de combustível, mas que agora preparava o acoplamento do trator ao avião para rebocá-lo até mais próximo do ponto de embarque. Antes mesmo de entrar no recinto da sala de espera, o professor observou sair do avião o Comandante, seguido do copiloto Benfica, que falava ao telefone. Do outro lado da linha, sua mãe perguntava com que tipo de roupa deveria ir à casa da namorada daquela noite para conhecer os pais que vieram do Sul de Minas. Ela e a filha estavam sem saber o que deveriam vestir...

O professor Caldeira gostava de observar os gestos das pessoas quando conversavam descontraídas, despretensiosas ou quando discutiam entre si, argumentando-se de alguma maneira ao interlocutor. Interessava saber como o ser humano necessita usar de complementos à fala para se expressar e como isso tem a ver com sua cultura, sua origem e seus costumes. Certa vez escreveu um artigo sobre isso em uma revista científica internacional, de grande conceito na sua especialidade, mostrando essas diferenças entre os povos do mediterrâneo daqueles que povoaram as regiões mais ao norte da Europa, acima do Círculo Ártico, como partes da Finlândia, da Suécia e da Noruega assim também como os esquimós, do norte do Canadá, e um grupo de habitantes da Sibéria. O artigo escrito em conjunto com um aluno de doutorado da Faculdade de Filosofia e Ciências Humanas da USP, com base em pesquisa científica, obteve onze citações em periódicos internacionais especializados. Segundo ele, enquanto a conversa dos primeiros mostrava-se mais teatral, quase uma necessidade orgânica de se expressar também através dos gestos, os nortistas eram mais sisudos, quase inertes, voltando-se para os interlocutores durante a fala, apenas com pequenos gestos com a cabeça. Usavam pouco as mãos e os braços.

No seu artigo "*The expression of the gesture and the culture of silence*", ou na tradução para o português, "A *fala do gesto e a cultura do silêncio*" – deixando margens a trabalhos complementares –, o professor mostrou que como esses povos do norte ficavam a maior parte do tempo encobertos pela neve, vestidos com grossas roupas de inverno, a fala e o movimento da cabeça eram mais importantes do que argumentos complementares com gestos de braços e das mãos. Isso se repetia mesmo no verão – apesar do calor e da ausência das roupas grossas – e, de maneira tão intensa, prevalecia o costume milenar da forma de se comunicar desses povos, que os impeliu ao aperfeiçoamento da fala e movimentos com a cabeça em detrimento do gesto complementar com os membros superiores.

Dessa maneira, naquele leve momento parado na entrada da sala de embarque, no aeroporto de Passo Fundo, agora do lado de dentro da porta de vidro, o professor observou quando o Comandante parecia estar muito bravo com o Mecânico da companhia aérea, pois presenciou alguma complementação gestual do piloto, com características mediterrâneas, em dois momentos seguidos: no primeiro, quando o seu braço direito fez dois movimentos ríspidos verticais, seguidos de uma rápida movimentação horizontal com a sua mão esquerda, como a dizer que estava encerrada a conversa. No segundo, quando elevou as mãos e os braços acima da cabeça. Isto, na frente do mecânico que não contra-argumentou em nenhum momento com a mesma intensidade. Depois disso, o piloto retornou para a aeronave para os ajustes, pois era necessário reposicioná-la onde pudesse ser novamente acoplada ao mecanismo externo de partida. Benfica acompanhava tudo sem nada falar.

Ao chegar à sala de embarque, a maioria das mulheres foi diretamente ao toalete, fazendo fila do lado de fora, antes mesmo de pensar em buscar um lugar naquela sala para se acomodar. Queriam retocar o penteado, ajustar a roupa e reforçar o batom já falhado devido ao calor, e usar, assim que possível, o único sanitário disponível em funcionamento no toalete feminino. O segundo, aparentemente com problemas de manutenção, estava interditado para uso havia duas semanas, conforme explicou a uma passageira "apertada para usar a patente" – que tentara abrir, em vão, a porta trancada – a faxineira do setor, uma senhora morena que acabara de fazer a limpeza dos banheiros para o dia seguinte. Finalizando sua tarefa naquele domingo, a faxineira deixou o recinto com um saco de lixo quase cheio, apoiado sobre um carrinho de limpeza, junto a vassouras e um rodo novo, ainda com a etiqueta do fabricante. Enquanto as últimas mulheres chegavam à fila do toalete, mãe e filha, terminado o retoque no batom, saíram sem se dirigir ao sanitário. Estavam apressadas.

Apressado estava também o torcedor do Grêmio quando entrou por último na sala de embarque, dirigindo-se diretamente ao aparelho de TV que estava desligado. Depois de tentar várias vezes colocá-lo em funcionamento, sem sucesso, resolveu pedir ajuda a um policial militar que estava do lado de fora, na porta de saída da sala de embarque para o saguão do aeroporto, fazendo a guarda. Chegando próximo dos cartazes de alerta sobre os perigos da AIDS, uma espécie de biombo de vidro que separava os dois recintos, o torcedor baixinho pediu ao guarda para chamar algum funcionário do aeroporto para ligar a televisão. Aproveitou o momento para saber dele se sabia do placar do jogo do Grêmio, pois parecia ter havido um gol.

Com um riso estampado no rosto, e somente para tirar um sarro com um pouco de provocação com o gremista, o guarda mostrou-lhe um chaveiro do Colorado, dizendo-lhe não saber desse tal jogo...

– Mas, pelo visto – continuou o guarda – ouvi falar mesmo de um gol num jogo do interior marcado por um tal de Denis Marques. Acho que houve outro gol. Não sei se é isso mesmo que tu quer saber!

– Barbaridade!... Para com isso, seu guarda! Não me mates desta forma, tchê! Me chame, por favor, o tal funcionário. Olha que ontem tu não fez bonito no Pacaembu. Pelo que sei, perdeste de dois a um para o São Paulo. Mas deixa isso pra lá. Tu vai ver que vamos ganhar esse jogo em Erechim. – Finalizou assim o torcedor baixinho, mas sem mesmo ferir o guarda no seu orgulho. Afinal o Internacional, apesar de não estar entre os melhores naquele campeonato, estava longe de ser rebaixado como prenunciava agora para o time do Grêmio, infelizmente para o gremista.

– O guarda tem razão, dois a zero para o Atlético; o primeiro, aos 22 minutos e outro aos 27. – Interpelou agitado o outro torcedor com a má notícia. O baixinho quase teve um ataque do coração. O amigo que trouxe a notícia do jogo deu uma pausa ao ver a reação do amigo. Mas precisava comprovar o que sabia a respeito do que corria em Erechim:

– Enquanto tu tentava com a TV, o guri que está próximo ao banheiro dos homens falou agorinha pelo celular com alguém de Passo Fundo que deu todas as informações. – Continuou o torcedor, o mais alto, mostrando ao baixinho um rapaz curvado sobre o bebedouro localizado entre os dois banheiros que ainda falava ao celular. Depois disso continuou:

– O piá informou que o primeiro gol foi marcado pelo Denis Marques, que pegou uma sobra na grande área, do lado esquerdo, completando com uma bicuda de pé direito no canto esquerdo do gol do Márcio, que ficou de bobeira. Indefensável! Pediram impedimento, mas o juiz confirmou o gol.

– Puta merda! Então foi bobeira da zaga. Não brinca; então tamos ferrado, ainda mais agora com dois a zero! – Disse assim levando as duas mãos à cabeça. Olhando de frente para o amigo, desabafou o baixinho, quase numa confissão:

– Meu Deus, aonde nós vamos parar com esse time, que merda! – O colega não sabia, mas o baixinho tinha feito uma aposta grande com o cunhado, um ferrenho torcedor do Colorado. Que ganharia a aposta na condição de que o Grêmio não perdesse a partida para o Atlético Paranaense.

"Mas que Barbaridade!... O veado ainda deve estar na minha casa, tirando um sarro com a família", pensou.

Minutos depois, a TV foi novamente ligada com a ajuda da faxineira morena que, atendendo a um pedido do guarda, foi até a uma sala interna da administração para ligar ela mesma a tomada, sintonizando em seguida a televisão com o controle na mão. Nesse momento, a faxineira, sem o uniforme de serviço e vestida para ir para casa, já estava do lado de dentro da sala de embarque para ajudar no que fosse necessário. Com a orientação do baixinho encontraram o canal de esportes de interesse dos torcedores. Estava no início do intervalo dos jogos do Flamengo e Palmeiras, e do Grêmio com o Atlético Paranaense. O primeiro tempo terminara realmente em zero para o Grêmio e dois para o Atlético PR.

Aproveitando a presença da faxineira, o homem gordo que trazia sob o braço direito o mateiro com a cuia e a garrafa térmica vazias, pediu-lhe que conseguisse água quente para o chimarrão. Da mesma forma outras pessoas fizeram o mesmo, enquanto a moça, sorridente se dispôs a ajudá-los, saindo poucos minutos depois daquela sala, levando quatro garrafas térmicas e uns trocados.

Na porta de saída da sala de embarque para o saguão, que no momento não havia quase ninguém – apenas um ou outro funcionário que precisou ficar um pouco mais em decorrência do atraso inesperado do voo RG-4253 – mãe e filha conversavam com o mesmo guarda que estava do outro lado dos cartazes de alerta sobre a AIDS. Pediam ao soldado que chamasse o encarregado do aeroporto, diretor ou gerente, que precisavam de algumas explicações sobre o atraso do avião. O brigadiano, como dizem os gaúchos, sozinho naquele posto, pediu que as senhoras aguardassem no lugar onde estavam enquanto ele comunicaria com a administradora do aeroporto em sua sala. Algum tempo depois, retornou dizendo que a gerente estava ao telefone, mas que viria dentro de alguns minutos. Que aguardassem um pouco mais. A Gerenta, sozinha na sala da administração, falava ao telefone com uma pessoa ligada à Secretaria de Transportes do Estado depois de levar ao conhecimento da Rio-Sul, em Porto Alegre, o problema do atraso do voo RG-4253. Estava nervosa, pois situações como daquele dia ocorriam de tempos em tempos naquele aeroporto, deixando frustrados os passageiros e o pessoal da administração. Esperava ter uma atenção especial da Secretaria, como haviam prometido na última ocorrência.

Inconformada, Grace Kelly perguntou ao policial se poderiam as duas, mãe e filha, ir ao encontro da mulher na sala da gerência. Enfatizou, de certo modo, que voltariam rapidamente, sem causarem qualquer transtorno ao controle de passageiros. O guarda explicou que essa autorização era também atributo da administração do aeroporto, mas que dentro de alguns minutos a responsável já estaria à disposição das duas senhoras.

– Se é por causa do problema do atraso, tu deve falar diretamente com o pessoal da Rio-Sul. – Completou o guarda, apontando para a aeromoça morena loura que estava junto à porta de vidro, de saída para o embarque.

Outros passageiros aproveitaram o momento para dar ciência sobre o atraso do voo, pelo celular, aos familiares ou às pessoas que os aguardavam em São Paulo. Outros, com o mesmo objetivo, faziam fila para falar de um único telefone público disponível na sala de espera. Estavam preocupados em informar aos amigos e parentes sobre o atraso naquele voo, pois, faltando pouco menos de quinze minutos para as dezenove horas – passadas mais de duas horas desde a previsão original da partida –, o avião já deveria ter folgadamente chegado ao destino. O torcedor do Grêmio, o baixinho, de olho na televisão, procurou uma tomada mais próxima para carregar um pouco o celular, enquanto aguardava a nova chamada para o embarque.

Ricardinho, assentado na antiga cadeira ao lado da mãe, comia bolachas e tomava um achocolatado de caixinha, ambos distribuídos pelas aeromoças a todos os presentes para "passar o tempo", como diziam alguns passageiros mais descontraídos. Distribuíram também água e refrigerante, além de um bombom Sonho de Valsa que a mãe – tendo guardado o seu dentro da bolsa de lona vermelha de alças verdes e antes de oferecer ao menino – deu uma mordidinha "para experimentar". Ricardinho não gostou daquela mordidinha. Reclamou, dizendo que ela sempre fazia isto, pois não era justo que a mãe ficasse com um inteiro só para ela, e ainda por cima comesse quase a metade do que deu para ele.

– Não diga isso, Ricardinho! Foi apenas uma mordidinha à toa que a Mamãe deu no teu bombom. Acho que tu não viu direito! Olha bem para o que tens na mão, guri. O que guardei na bolsa da Mamãe é também pra ti. Assim, tu come o que tens agora, e depois, mais tarde, tu come também o outro...

A criança, conformada, terminou o lanche também de olho na TV, sobretudo nas propagandas que passavam no intervalo do jogo entre o Grêmio e o Atlético PR, em Erechim, assim como o do Flamengo e o Palmeiras, em São Paulo, entre uma fala e outra dos repórteres e comentaristas. Via os comentários dos jornalistas e reprises de lances, sem muita convicção, pois dizia, quando indagado, que não gostava muito de futebol. Sua mãe achava que ele gostava, mas como era muito pequeno para a sua idade, não tinha vez no corpo a corpo com os colegas na escola. Dizia gostar mesmo era de basquete porque, segundo ele falava para a mãe, podia ficar mais tempo com a bola e por isso "era mais fácil pra jogar, apesar da cesta ser muito pequena e ficar num lugar muito alto". Mesmo assim, realçava sempre que "gostava mesmo era de basquete."

Tinha em seu quarto, no apartamento onde moravam, em Passo Fundo, pregada do lado de dentro da porta, uma cesta de basquete onde praticava arremessos de tempos em tempos, e que foi colocada ali pelo pai, havia dois anos, um aficionado pelo esporte desde a juventude. Fratelli, segundo dizia, mostrando fotografias desse tempo, chegou mesmo a jogar em uma liga italiana secundária, uma espécie de segunda divisão do esporte na Itália, até os vinte anos, quando quebrou o braço direito em dois lugares, impedindo que seguisse carreira no esporte. Ricardinho gostava de saber que o pai tinha uma prótese de metal, (titânio), no braço, pois brincava de passar o dedo no antebraço onde uma espécie de parafuso deixava perceber um pequeno calo. Fratelli teve muitos problemas com o embarque em aeroportos devido ao detector de metais. Mesmo no Brasil, não por acaso, fora impedido várias vezes de entrar nos bancos, porque as portas travavam impedindo sua passagem. Era uma amolação ter que explicar tudo de novo às pessoas, nem sempre receptivas.

Segundo ele mesmo contou à Graça Maria, no início do relacionamento, e depois ao pequeno Ricardo, quando este já começava a entender um pouco as coisas, no início precisou tirar um documento oficial, uma espécie de atestado, que lhe servia primeiramente para viajar apenas pela Europa, sem ser barrado nos postos de controle dos aeroportos. Depois, quando começou a fazer viagens a outros continentes a trabalho para a companhia de máquinas agrícolas, foi obrigado a procurar atestados específicos que lhe permitissem passar pelo controle sem muitos problemas. Sem mesmo saber do que se tratava, para espanto de todos, Ricardinho dizia para os coleguinhas na escola que seu pai era de ferro, pois tinha uma barra de aço no braço. Certa vez, incentivado pela professora, Ricardinho levou para a escola uma chapa de raios-X, emprestada pelo pai ao menino para uma exposição de fatos curiosos na festa da família, que mostrava a posição em que se encontravam duas barras de titânio, um no cúbito e outro no rádio do seu braço direito. A radiografia do Fratelli foi a curiosidade mais visitada na exposição da família na escolinha do menino naquele dia.

Assentados próximos ao casal de velhos, em poltronas dispostas frente a frente na sala de embarque, e ouvindo interessadamente ao que falavam, estavam os recém-casados abraçadinhos, com as cabeças encostadas. A senhora, muito ativa e falante apesar dos completos oitenta anos, agradeceu-lhes pela gentileza por terem ajudado a levar a caixa de papelão com o bolo entre os bagageiros, e, sobretudo, por tê-la carregado até a sala de embarque, na expectativa da saída do voo a qualquer momento. Dona Maria não queria que o presente que preparou para a filha e netos com tanto carinho, um bolo de aniversário igual ao que fazia quando ela era pequena, ficasse naquele bagageiro, "sozinho", como dizia, enquanto aguardavam o conserto do avião. "Isso é só prevenção, minha filha, coisa de gente velha", argumentou a Dona Maria, rindo muito enquanto falava aos dois jovens casados, à sua frente.

– Bah! Na verdade, meus jovens, ela é muito desconfiada. Tem ciúmes de tudo o que ela possui, faz ou conquista. Não tens Mariazinha? – Alfinetou com um sorriso largo o velho Zeca que até então somente ouvia o que falavam, para o delírio do casal, deixando ver a dentadura nova que ajeitava com a língua dentro da boca de tempos em tempos. Depois, com o mesmo bom humor, seu Zeca continuou:

– Além do mais, vou dizer para ti, minha jovem, a minha Maria ainda tem ciúmes deste velho que acaba de completar oitenta e cinco anos, é possível? Pois é isto o que acontece. Pois é desta maneira, menina. Desse jeitinho, ciúmes deste velho. Já pensaste?...

– Deixa de dizer besteira, homem! Eu lá tenho ciúmes de ti. Eu já te aguento há sessenta anos. Se tu quisesse aprontar já o teria feito. Como sei que tu não vai mais atrás de confusão, pois tu não gosta de encrenca, fico despreocupada. Despreocupada, e somente isto. – Pegando com carinho na mão do velho que a acompanhava com ternura, voltou-se novamente para Dorinha que se encantava com o que falava, enfatizando:

– De qualquer forma, um ciumezinho a gente sempre tem, não é mesmo minha menina? Isto nós mulheres sempre temos.

4

No momento em que o juiz anunciava o início do segundo tempo do jogo entre o Atlético Paranaense e o Grêmio, a aeromoça morena de cabelo pintado de louro, de pé de frente da porta de saída da sala de embarque, pediu a atenção de todos os passageiros do Voo RG-4253. Solicitou que se identificassem naquela sala os passageiros com conexão em Congonhas que tivessem voos marcados para outras cidades. Repetiu, em seguida, da mesma forma, enfatizando:

– Somente passageiros com voos em conexão no Aeroporto de Congonhas, em São Paulo. Favor se dirigir a um dos funcionários da Rio-Sul nesta sala de embarque.

Perguntada por alguns passageiros que não compreenderam bem o aviso de chamada, a funcionária explicou que queriam identificar apenas os passageiros que tinham conexões em voos da mesma companhia aérea para outras cidades a partir do aeroporto de Congonhas. Isto, porque, segundo ela informou, "os computadores estavam fora do ar, sem comunicação via internet com a central de operações em Porto Alegre" e não tinham essa informação para passar, por telefone, aos responsáveis pelas conexões em Congonhas. Mas somente para os passageiros das companhias afiliadas da Varig.

Metade dos passageiros que atenderam àquela chamada, buscando maiores informações, retornou aos assentos por não se enquadrar na condição imposta de que a continuação da viagem deveria ser realizada em conexões da própria companhia aérea, pois a Rio-Sul precisava controlar a disponibilidade de voos previstos ou alternativos para os demais aeroportos a partir de Congonhas. Graça Maria foi uma das que procuraram a aeromoça para saber sobre a conexão para o voo do Ricardinho para a Itália e ficou sabendo naquele momento, pois até então não havia atinado para isso, que deveria se deslocar de Congonhas para o aeroporto de Guarulhos, ou de ônibus ou mesmo de taxi. O voo da Alitália, partindo desse aeroporto com destino a Milão estava marcado para as 22h30min. Graça Maria retornou, preocupada, para o assento ao lado do filho que, agachado e de joelho no chão, brincava distraído sobre o assento azul da cadeira com um boneco do Batman que vencia, naquele pequeno ringue, a luta de morte que travava com o Homem Aranha, subjugado e indefeso sob a capa do primeiro herói. A luta foi interrompida quando a mãe, com o cenho fechado, pediu ao Ricardinho para se assentar em seu colo. Sentia-se sufocada, pois pela primeira vez percebeu que poderia perder a conexão com a Alitália.

Para se distrair um pouco e afugentar os maus pensamentos, Graça pegou a sacola com o gorro e o casaco do filho, que estava ao lado, e começou a conferir o seu conteúdo sem maiores pretensões ou objetivo. Seu coração acelerava e não podia conter a emoção de ter que se separar do menino, mesmo que fosse por um dia. Lembrou-se do dia do seu nascimento, quando foi atendida com muito carinho por uma médica, sua colega de infância, com quem fez o pré-natal e foi orientada a todo tempo sobre a melhor forma de ter um filho com parto normal. Ricardinho nasceu muito pequeno com apenas dois quilos, mas mostrou-se desde o nascimento muito ativo e esperto para uma criança de sua idade, "uma criança sadia e feliz", como sempre diz a esse respeito a avó materna do menino. Embaraçada em seus pensamentos e preocupada com a possibilidade de perderem o voo para a Itália, Graça Maria apertou o filho ao peito, dando-lhe beijinhos prolongados no cabelo louro, fino e leve, com tanta intensidade que o menino encolheu-se dizendo que a mãe estava fazendo cócegas na sua cabeça.

Enquanto isso, de olho no que se passava na TV local, em retransmissão direta de Erechim, os expectadores assistiram a quase mais um gol da equipe do Atlético Paranaense sobre o Grêmio, para desespero dos torcedores presentes. O torcedor baixinho, assustado, propôs desligar a TV, tendo sido interrompido no seu propósito pelos outros interessados em continuar assistindo a partida, mesmo assim. "É sofrimento demais!" Dizia. Aliás, ainda que velados, havia também torcedores do Internacional que deixavam transparecer certa satisfação, quase cínica, ao ver o desespero dos dois mais sofridos torcedores naquele recinto.

O passageiro gordo, assentado ao lado da porta de saída da sala de embarque, percebeu quando a faxineira entrou do lado oposto carregando as quatro garrafas térmicas, procurando os respectivos donos. Acenou para ela pedindo-lhe que a trouxesse até onde se encontrava. O mate já estava bem distribuído e preparado com cuidado na cuia, quando pôde, finalmente, derramar a água quente e sentir o cheiro da erva que subia em torno da bomba de cano redondo, feita de prata com três anéis em ouro cravejados com pedras vermelhas. Sem se dar conta, com os olhos fechados, abria bem as narinas para aspirar aquele cheiro antigo que conhecia desde criança. Esperou um pouco antes de levar os lábios a chupeta folheada a ouro. Havia um riso inominável em suas bochechas ligeiramente retesadas na expectativa de poder novamente sorver inteiramente aquele chimarrão sem deixar escapar uma só molécula do mate que subia bomba acima, aquecendo sua boca agradecida. Segundos depois, ouvia-se o chiado característico do líquido escasso no fundo da cuia, quando o homem gordo, satisfeito, abriu os olhos, olhou para os lados e se preparou para uma nova rodada.

Alheios ao jogo na televisão, os médicos repassavam seus apontamentos na expectativa da chamada para o embarque. Minutos depois, enquanto João Manuel falava ao telefone, confirmando o atraso do voo, Olga observava enternecida a mãe com a criança ao colo do outro lado da sala de espera. Era Carlinhos recostado no colo da Graça Maria, brincando com os dois super-heróis. Lembrou-se imediatamente das histórias do avô Boris, agora acamado, inerte e sem poder participar tão ativamente como no passado recente dos passos que começava em sua carreira. Lembrou-se de quando o velho avô falava sobre os seus pais – do filho e da nora – de como eles a amavam e dos planos que tinham para o futuro da filha ainda pequenina e risonha no colo da mãe. Da mesma forma, a neta gostava de ouvir quando Boris Korotkoff contava suas lembranças mais remotas da imigração para o Brasil, das longas esperas em portos e estações, assim como de suas primeiras experiências conscientes em ter que dividir o carinho dos pais com as duas irmãs.

Como Olga era filha única, imaginava como deveria ser uma casa com muitas crianças em volta da mãe, no retorno da escola, ouvindo dela sobre o que as esperavam para o almoço, como uma coisa gostosa feita de surpresa, ou mesmo no retorno da família nas missas dominicais na igreja ortodoxa de Campina das Missões, onde a colônia se reunia em festejos, conversas, narrativas e lembranças. O avô gostava muito de contar histórias fantásticas do folclore russo, e de suas experiências de caçula numa família de mulheres.

Assim como a neta, segundo as tias velhas da família testemunhavam ao longo dos anos, Boris era uma criança precoce e esperta. Olga se lembrou de ter ouvido o avô contar que durante a imigração para o Brasil em que seus pais, ele e as irmãs deixaram a Rússia, num contexto de guerra depois de deflagrada a revolução, tiveram muitas dificuldades durante as semanas quando fizeram a viagem de Kursk, na Rússia, até Odessa, uma cidade portuária localizada ao Sul da Ucrânia. Já fazia muito frio no início do outono daquele ano. Do porto, no Mar Negro, segundo o avô, dois meses depois os imigrantes partiram em direção à Londres, onde ficaram em um abrigo junto com outros compatriotas e ucranianos por um período de dois a três meses. Permanecerem em Londres até embarcarem em um navio a vapor fretado pelo governo brasileiro que os conduziu até o porto de Santos, numa viagem longa de quase dois meses. O pouco que a família possuía na Rússia – como as terras, as criações, a pequena casa e as ferramentas –, foi vendido às pressas para permitir que todos pudessem deixar o país em busca de novas oportunidades. Estavam incentivados por relatos sobre o que havia de oportunidade na América do Sul e, sobretudo, no Brasil, apesar de não saberem nada a respeito desse país.

Quando fazia a neta dormir, numa cama confortável em sua casa, próximo a Campina das Missões, o avô Boris lembrava os relatos da própria mãe sobre o trajeto de quatrocentos quilômetros que fizeram da sua aldeia na Rússia até Odessa, na Ucrânia, em estradas precárias durante vários dias, em que raramente dormiam duas vezes no mesmo lugar. Boris contava para a neta que não se lembrava dessa viagem dentro da Rússia e da Ucrânia. Mas se lembrava da travessia entre Londres e Santos, apesar de ser ainda muito criança, sem mesmo saber de onde saíram ou mesmo aonde chegariam. “Era muito pequeno para tais lembranças”, dizia. Por isso mesmo, não associava nada daquilo com viagem, apesar de ter na lembrança o cheiro forte do mar que lhe causava enjoo, e do balanço das vagas que o acalentava ao longo da travessia. A sensação nauseante dessa travessia perseguiu-lhe por muitos anos, pois mesmo depois de casado percebia a mesma coisa quando se aproximava da praia nas poucas vezes em que saiu com a família das Missões para passar alguns dias no litoral de Canoas nas férias escolares. Precoce, e capaz de reter informações das mais antigas, Boris contava, nessas lembranças, que gostava quando não havia lugar para todos se acomodarem à noite no navio. Por ser o menor de todos e ainda procurar o peito da mãe para mamar, dormia em seu colo, protegido e aconchegado. "Não precisava de mais nada", segundo ele. Nada mais queria...

Apesar de se sentir confortável junto com a família durante a travessia, era com a mãe, que lhe guardava um lugar todo particular junto dela, de quem percebia os momentos mais felizes em suas lembranças. Não raro, conforme contava para a neta ficava aconchegado entre as cabeças de suas duas irmãs, uma de cada lado, também adormecidas sobre as pernas da mãe, assim, assentada em algum canto, na cama, no chão, recostada na parede do navio, ou mesmo em uma cadeira, ou poltrona ou banco, numa viagem interminável rumo ao Brasil. Ficavam os três juntinhos com a mãe, que lhes contavam historias e cantava músicas infantis para que se distraíssem durante o dia. Mesmo já grandinha, com mais de doze anos, Olga gostava sempre de ouvir essas histórias antigas daquele avô que a criou, auxiliado por uma tia-avó solteirona.

O avô, sempre presente em sua vida foi a única referência paterna que teve, pois os pais de Olga, perseguidos por terem sido confundidos com supostos subversivos comunistas, foram mortos em uma emboscada em outubro de 1982, à noite, de volta para casa, depois de participarem da Festa dos Imigrantes em Campina das Missões. Esse fato, pouco conhecido fora da colônia, nunca foi bem esclarecido. Na ocasião, chegaram a suspeitar que tivessem sido assassinados por ladrões comuns que os assaltaram no meio da noite, mas que não levaram nada. Ou ainda, que foram mortos por engano por agentes do DOPS, da polícia repressiva do Estado. A menina, ainda um bebê de colo, tinha apenas nove meses de idade. Horas depois, Olga foi encontrada por vizinhos que voltavam mais tarde da festa, chorosa e confusa, no banco de traz do fusquinha, todo perfurado à bala, assentada numa espécie de cesto, bem aconchegada, sem nenhum ferimento.

– Atenção, senhores passageiros, dentro de alguns minutos, iniciaremos novamente o embarque no voo RG-4253 da Rio-Sul com destino ao aeroporto de Congonhas, em São Paulo. – Após uma pequena pausa, continuou:

– Passageiros idosos; com necessidades especiais; ou com crianças de colo, terão prioridade... Dirijam-se ao portão B.

Olga, distraída, foi solicitada pelo colega João Manuel a dar uma olhada em sua valise preta deixada sobre a cadeira ao lado dela, juntamente com um livro de medicina que lia com atenção especial, enquanto iria ao banheiro. Disse-lhe que havia marcado em uma daquelas páginas, com o canhoto do bilhete da passagem, um assunto importante que gostaria de comentar com ela, quando retornasse, e, se possível, antes mesmo do embarque. A moça acenou positivamente com a cabeça, dando a entender que olharia pela valise e o aguardaria naquele local.

Do outro lado da sala de espera, de um ângulo que não permitia ver o que se passava na TV, o professor Caldeira lia assentado um pouco mais do livro sobre a filosofia e os desafios do novo milênio. Nesse momento, presenciou a conversa da Grace Kelly e sua filha com alguém que veio do saguão até a porta de entrada da sala de embarque. Mãe e filha falavam alto, inconformadas com o atraso do avião, dizendo ter compromissos inadiáveis no Rio de Janeiro ainda naquela noite e queriam que essa pessoa, uma senhora de aproximadamente quarenta e cinco anos, a Gerenta, tomasse alguma providência, como exigir da companhia aérea que disponibilizasse outro avião. Adiantou, inclusive, que tal avião poderia vir de Porto Alegre onde ficava a sede da Varig. Percebendo até onde a mulher e a filha queriam chegar, a Gerenta dirigiu-se à Grace Kelly que estava mais próxima:

– Pelo que soubemos da Rio-Sul, minha senhora, diretamente de Porto Alegre, todos embarcarão ainda hoje nesse mesmo avião. Parece-me que o problema já foi sanado, conforme informaram da torre nesse instante. – Insistiu a administradora do aeroporto com as duas, Grace Kelly e Caroline Louise, dizendo-lhes, inclusive, que tal informação ela acabara de receber em viva voz pelo rádio e que, possivelmente, as duas também ouviram quando o controlador de voo lhe comunicou da Torre de Comando do aeroporto havia menos de um minuto.

– Quer dizer que a senhora me garante que o avião já vai sair desta merda de aeroporto? A senhora me garante? É isso que estou ouvindo? – Ao perceber o destempero da mãe, Caroline puxou-a pelo braço, com força, para que pudesse se safar daquela situação constrangedora. Ao mesmo tempo, já caminhando em direção à fila de embarque, pediu desculpas à Gerenta, pelo fato, alegando que sua mãe estava muito nervosa também por outros motivos. Passando em frente ao toalete feminino, a filha, ainda segurando a mãe, entrou com ela, apressada, para uma conversa mais particular, "como diziam sempre na sua família em situações semelhantes", pensava.

– Me larga, Carol, me larga! Que merda, tu me enche o saco com essa conversa mole! – Nesse momento, puxou o braço com força soltando-se da mão da filha. Num gesto involuntário, passou a mão nos cabelos enquanto caminhava em direção ao espelho, pisando duro. Percebendo que não havia ninguém no toalete, voltou-se para a filha, fuzilando-a de frente:

– Escuta, Caroline Louise, escuta bem o que vou dizer pra ti, minha filha! Por tua causa estamos aqui passando esse sufoco. Tu bem que poderia ter ido ontem e não foi. Tivemos que trocar as passagens com prejuízo. Também a diária do hotel perdemos. Quiseste ficar com aquele bonitinho, filho da mãe, por mais um dia. E o que te adiantou mais um dia, Caroline Louise? O que tu ganhou com isso? Podias bem ter falado com ele ontem que não o querias mais. Que tu preferia a carreira. – A mãe estava nervosa e não queria parar de falar. Novamente a filha pediu à mãe que se calasse, que não aprontasse de novo. Que não a lembrasse mais desse fato.

– Podias ter evitado essa merda de situação, Caroline Louise! Agora o que tu vai fazer se perdermos a conexão? Se não chegarmos a tempo para o coquetel de boas vindas? Estou cansada de correr atrás das coisas para ti, menina. E olha o que me dás em troca, depois de tanto que luto para que tenhas uma oportunidade, criatura. E tu fica babando em cima de um moço de merda como esse Zé Galinha.

– Ele não é um Zé Galinha, Mamãe. Tu sabe que ele é um sujeito legal. Só é ciumento e não me quer desfilando, ainda mais de biquíni. Não me quer ver sendo olhada pelos outros homens, é só isso, tu não entende, mãe? É só isso.

– Mas ele não trabalha minha filha. Fica somente gastando o dinheiro da família. Um moço que não conseguiu terminar o segundo grau por causa de malandragem. Não gosta de estudar, e tu sabe bem isso. Não é um bom exemplo pra ti. Nem no supletivo conseguiu nada. É um malandro bonitinho de vinte e seis anos, que já namorou com todas as tuas colegas do Liceu... Com todas da cidade, está me ouvindo? E sabes muito bem, que, em várias vezes, também namorou as mães dessas moças. É um folgado. E agora quer mandar no que deves fazer? Um folgado é o que ele é. E agora, como tu fica, Caroline Louise, se não chegarmos a tempo no Rio hoje? Como é que tu fica, fala comigo? – Deixando a bolsa sobre a pia do banheiro, de frente ao espelho, passou a escova de cabelos, apressada, por duas vezes do lado direito do cabelo, jogando-o em seguida para trás num gesto costumeiro com a cabeça. Tirou da bolsa uma carteira de batons, abriu-a com cuidado retirando um deles com o tom mais vermelho percebido sobre as costas da mão esquerda. Chegando-se mais próxima possível do espelho, rodou o bastão colorido pelos lábios, corrigindo as poucas falhas com dois longos movimentos da boca, como num riso truncado. Franziu o cenho e voltou-se ainda nervosa para a filha que assistia a cena:

– E se perdermos o desfile amanhã, Caroline Louise? Como é que vamos ficar, minha filha? Tu olha agora aonde poderemos chegar?... A lugar nenhum!

Tendo escutado a descarga de um dos sanitários do toalete feminino, o único que ainda funcionava, fez-se silêncio no recinto. Mãe e filha, voluntariamente pararam a discussão, numa defesa reflexa dos segredos de família, em que roupa suja lava-se às escondidas, saíram de fininho dali, indo de encontro com as demais pessoas que já se alinhavam nas duas filas de embarque formadas havia poucos minutos.

Na sala de espera, onde não havia praticamente ninguém, ouviu-se um grito de gol. Por um momento, Ricardinho, segurando as mãos da mãe, pensou ouvir que o gol teria sido do Grêmio. Olhou para a TV, da saída da sala de embarque, sem nada compreender, pois o narrador estendeu o grito de gol por um tempo tão prolongado, que o menino perguntou a mãe se o homem "tinha agarrado", como agarram, de vez em quando, os CDs no aparelho de som da sua casa.

– Goooooooooooool doooooo Atléticooooooo!... O Atlético chega lá com Fernandinho, número dois! É demaaaais! Fernandinhooooooo! Mais um gol do Fernandinhoooo. Meu Deus, que golaço! É demaaaais! Agora, o placar como fica?.... Zero para o Grêmio.... Trêêêêsss para o Atlético, agora na reta para ganhar esse campeonato! Fernandinho, sozinho no meio da área, recebeu a bola do Washington, pela direita, dominou e tocou a pelota no canto esquerdo de Márcio, sem chance para o goleiro – Acentuava o narrador, aos vinte e oito minutos do segundo tempo, para o desespero e o desconsolo dos torcedores do Grêmio, sobretudo dos dois amigos, que viam naquele momento, o naufrágio do seu time...

– Senhores passageiros, atenção para a última chamada no Portão B.

5

De forma ordenada, sem grandes embaraços, os passageiros procuraram os mesmos lugares deixados antes de se dirigirem à sala de embarque depois da parada repentina do avião. Apenas o professor Caldeira optou por assentar-se um pouco mais atrás, numa cadeira individual, poltrona 12A, logo à frente da fileira dos dois velhos. Estes, com um pouco de dificuldade, também procuraram os mesmos assentos na sequência em que o Carlinhos os indicou o lugar, ao mesmo tempo em que depositou com muito cuidado, no bagageiro acima das poltronas 13D e 13F, a caixa de papelão com o bolo de aniversário da filha da Dona Maria. Agradeceram aos recém-casados, desejando-lhes boa viagem e que aproveitassem sua semana de lua de mel no Recife. Seu Zeca mostrou-se um pouco incomodado, parecendo que lhe faltava alguma coisa, mas deixou para lá, "coisas de velho", pensou. "Não há de ser nada", pois não levara nada consigo ao desembarcar a poucos minutos. Assentou-se mesmo assim, incomodado, mas sem mesmo nada falar com a mulher que já se ajeitava com o cinto na poltrona ao lado da janela.

Grace Kelly, agora mais calma, porém vigilante, olhou incomodada para o braço direito, procurando ver as horas em um relógio de pulso com números grandes, como um bracelete que lhe cobria boa parte do braço. Arranjaram-se em seus assentos, nas poltronas duplas da fileira seis prendendo os cintos na sequência, sem mesmo perceberem que o faziam de forma quase displicente.

Quando as portas foram fechadas e novamente ouviram da comissária de bordo os anúncios de segurança, realçando que havia sob cada assento uma poltrona flutuante, Ricardinho, que da outra vez não havia compreendido muito bem o que a moça falara, agora quis saber da mãe sobre o isso.

– Como é o pouso na água, Mamãe? E poltrona flutuante? Ela flutua igual à boia na piscina do Náutico? Posso tirar a poltrona pra ver?

– Não, Ricardinho, não mexe na poltrona. Não é pra ti mexer nela agora, guri. Ela somente pode ser retirada no caso do piloto precisar pousar com o avião em um lago, num rio ou mesmo na represa do Capingui, em Passo Fundo. Mas isso não vai acontecer, pois daqui até São Paulo não vamos precisar disso.

– E se ele pousar na cachoeira, Mamãe? A gente pode levar a poltrona para brincar e escorregar nas pedras e na água?

– Senhores passageiros, novamente, é o Comandante quem vos fala diretamente da cabine de comando. Os problemas foram sanados e dentro de alguns minutos vamos decolar. Assim que tiver novas instruções voltarei a falar com os senhores. – Desta vez não houve avisos ou comunicações em inglês.

Carlinhos e Dorinha conversaram um pouco sobre a viagem e a respeito do cuidado da Dona Maria em levar o bolo de aniversário para a filha em São Paulo. Observou com o marido que por ter perdido a mãe muito cedo, no parto, não chegou a conhecer esse cuidado que permanece para toda a vida, mesmo quando os filhos já estão formados, criados e com família.

Teve naquele momento o desejo impossível de vivenciar, ainda que em sonho, a chegada da mãe – linda e vestida como ela aparece nos retratos que guarda nos álbuns da família em casa –, com um bolo de aniversário contendo um número grande de velas acessas, igual à soma de todos os anos que não pôde receber o carinho dela no dia do seu aniversário. “Um grande número de velas acesas, certamente”. Num momento de devaneio, perguntou ao marido ao lado:

– Carlinhos, quanto é a soma de todos os números de um até vinte e um?

– Como assim, Dorinha, o que tu quer saber?

– Eu queria saber quanto seria somar um mais dois, mais três, mais quatro, mais cinco.... E assim até chegar ao número vinte e um, entendeu? Apenas isso. Somente para saber se é muito. Sei que dá muito trabalho, mas eu bem que gostaria de saber quanto seria esta soma.

– Não sei, não. Pra que tu quer saber disso, Dorinha? Eu acho que no segundo grau aprendemos como fazer essa soma de forma direta, mas que nunca usei para nada! Esqueci. Tinha até uma fórmula que o professor Batista ensinava no Estadual, você se lembra? Ele dizia que poderia cair no vestibular!...

– Não é pra nada, Carlinhos, é somente por curiosidade! Coisa à toa. No meu ano, acho que esse assunto foi dado por outro professor de matemática. O professor Batista já tinha se mudado para a capital...

Do lado de fora do avião, o mesmo tratorista recolhia o trator levando consigo, de pé sobre o estribo do lado direito, o mesmo mecânico polaco, cujos cabelos louros e longos cobriam-se agora do vermelho dourado do sol que parecia se despedir, finalmente.

Olga perguntou ao colega, João Manuel, assentado na poltrona ao lado do corredor, o que é que ele havia marcado no livro, que lhe chamara a atenção, para ser discutido entre eles, pois não tiveram tempo de analisar o assunto na sala de espera devido à chamada de embarque imediato. Ele lembrou à Olga do estudo que tiveram na véspera, e mesmo em outra ocasião quando pesquisavam juntos, sobre tumores cancerígenos que não são originados do coração, mas que o atingem, enfraquecendo-o. João Manuel sabia que esse assunto interessava não somente a ele, mas, particularmente à Olga. Era um tema que os dois gostavam de discutir porque abrangia a área de interesse das duas especialidades que escolheram na medicina. Ambos tinham a expectativa de que o tema pudesse vir a cair no exame escrito na seleção para a Residência do Hospital Alberto Einstein em São Paulo. O avô, agora enfermo em estado grave, apresentava um quadro de insuficiência cardíaca devido ao câncer de pele detectado por acaso dois anos antes pela Olga. O diagnóstico que ela fez foi comprovado posteriormente pelo amigo João Manuel, mesmo antes dos exames comprobatórios solicitados por médicos de Porto Alegre para onde o avô Boris foi levado mais tarde por insistência da neta.

Por ter ficado muitos anos exposto ao sol nas terras da família na região de Campina das Missões, Boris Korotkoff desenvolveu pintas localizadas no ombro, próximas ao pescoço, que João Manuel identificou como cancerígenas, quando esteve a passeio com uma namorada em Campina das Missões, a convite de Olga e sua família, para as festividades na colônia russa da região. Naquela ocasião, Olga pediu ao colega que examinasse o avô, pois se preocupava com o tipo de pinta que observara no ombro esquerdo do velho, em fevereiro de 2003, quando os dois participavam do Festival Internacional da Pesca do Dourado no Rio Uruguai, na foz do Rio Ijuí, um local onde o avô pescava desde pequeno com o pai. Foi a última vez em que saíram juntos para pescar, um esporte que a neta aprendeu com o avô, apaixonado por caça e pesca, com troféus pregados na antessala da velha casa da família. Depois que se mudou para Porto Alegre para estudar medicina, os dois pescavam apenas nas férias, no Rio Comandaí que cortava as terras da família ou quando acampavam nos fins de semana às margens do Rio Ijuí, ou mesmo no Rio Uruguai, onde havia um pequeno rancho de pesca do clube dos pescadores da região.

No aeroporto Lauro Kurtz, em Passo Fundo, eram quase sete e meia da noite. Com as portas do avião já fechadas, de repente ouviu-se um grito vindo de trás do avião, surgido do fundo dos pulmões de alguém que aguardava um momento preciso para se manifestar e soltar suas energias acumuladas. Eram os dois torcedores do Grêmio. Assustaram-se todos, sobretudo o velho Zeca, pois, além dos gritos, os torcedores passaram a berros e palmas. No meio daquela manifestação incontida, quase não se percebia tratar-se de um gol. A certeza veio somente quando, olhando para trás, os passageiros observavam os dois amigos que se abraçavam como se estivessem ganhando o jogo e não perdendo ainda por três a um, pois aos treze minutos do segundo tempo, enquanto ainda se encontravam na sala de embarque, o Atlético Paranaense fizera o seu terceiro gol, para aumentar a agonia dos gremistas. Com esse gol, único do time gaúcho, a bagunça se formou quando também se manifestaram outros torcedores do Grêmio naquele avião, mais dois ou três, ainda que mais tímidos e com menor entusiasmo, mas orgulhosos pelo gol do time. Afinal de contas, ainda que não ganhassem, não mais perderiam de zero, um vexame para qualquer torcedor apaixonado. "Fazer um gol no melhor time da temporada não era pouca coisa", pensaram.

Percebendo o movimento dos torcedores, a aeromoça morena do cabelo louro retornou ao alto-falante para solicitar a todos que desligassem seus aparelhos eletrônicos e, principalmente, os celulares. Reforçou em seu comunicado que as portas já estavam fechadas e não era mais permitida a utilização de aparelhos eletrônicos de qualquer natureza.

A maioria, porém, adversários ou indiferentes ao jogo, estava atenta ao desenrolar dos procedimentos internos de embarque e de partida do avião, observando o movimento das duas aeromoças, na expectativa de ouvir a comunicação do Comandante sobre a autorização definitiva do início do voo pela Torre de Controle do aeroporto. "No momento a Torre deve estar conferindo a direção dos ventos", pensou o Comandante que aguardava a ordem, com um olhar displicente para cima do prédio do aeroporto.

Assim que se assentou, voltada de frente para os demais passageiros, a comissária percebeu que a senhora idosa acenava-lhe insistentemente, solicitando sua presença. Parecia aflita, pois o marido estava um pouco desfalecido. Segundo ela, provavelmente por ter se esquecido de tomar um remédio controlado, que deveria ter ingerido naquela tarde, e não se lembrara disso...

Quando a aeromoça se aproximou, Dona Maria explicou que precisava de um pouco de água, pois o marido estava passando mal, mas que era por causa do remédio que deixara de tomar no horário marcado. E que precisava da sua ajuda, inclusive para segurá-lo no momento de ingerir o remédio. Mas que aquilo passaria, assim que tomasse o medicamento indicado.

A senhora ainda explicou tratar-se de um comprimido pequeno, mas muito eficiente, que trazia em uma caixinha de plástico com divisórias repletas de outros comprimidos também controlados. Vendo a movimentação em torno do casal de velhos, Dorinha saiu do seu assento e foi ver se podia ajudar em alguma coisa, enquanto aguardavam a volta da aeromoça. Olga, percebendo que a aeromoça caminhava em direção à frente do avião para buscar água, no momento em que passava ao lado do João Manuel, interpelou-a pedindo que se aproximasse um pouco. Nesse momento, em que a comissária se cursou para ouvir o que tinha para dizer, Olga adiantou-lhe baixinho que se fosse necessária uma avaliação clínica no caso do senhor assentado na poltrona 13D ela poderia ajudar, pois era médica. Que estaria à disposição da comissária, caso fosse necessário.

Assim que a aeromoça retornou, Dorinha, que naquele momento já estava ao lado dos dois velhos, no corredor, assentada no braço da poltrona 13A, solidária, ajudou com o comprimido para o senhor Zeca, segurando o copo e amparando simultaneamente a água que vertia em excesso, valendo-se de guardanapos trazidos também pela comissária. Enquanto o marido se restabelecia vagamente da inconsciência repentina, Dona Maria, serena, comentou, apontando para o marido:

– De uns anos para cá, o Zeca, o meu marido, tem esquecido das coisas. Coisas simples, como tomar o remédio, ou de coisa que não se lembra de ter feito, participado ou conhecido. Como ele é muito alegre e brincalhão, as pessoas não percebem quando fala ou repete as mesmas coisas de vez em quando. As pequenas falhas de memória passam despercebidas, minhas filhas, e as pessoas não notam. Mesmo os amigos com quem fica de papo, boa parte das manhãs, na Praça Central de Passo Fundo demoraram muito a perceber. De vez em quando, esquece o caminho de casa. E olha que moramos na Praça Central, ao lado da Catedral de Nossa Senhora Aparecida, minha filha. Como é muito conhecido na região, nessas ocasiões, as pessoas o trazem até a portaria do nosso prédio, ou, a pedido dele, o levam de volta para a Praça, para junto dos amigos que sempre estão por perto. Acho que é uma consequência do tempo, não é mesmo?

Dona Maria deu uma pausa, ao perceber que a aeromoça fez menção de retornar à frente da aeronave. Depois de ter recebido um agradecimento amável da senhora, a comissária caminhou em direção ao assento ao lado da cabine, quando também solicitou às demais pessoas que retornassem aos seus lugares, lembrando a todos que já dariam início aos procedimentos finais para o início da viagem. Dorinha ficou um pouquinho mais para ver se as coisas estavam correndo bem. Nesse momento, como num desabafo conformado, Dona Maria completou, voltando-se para a sua nova amiga:

– No meu caso, lido com o Zeca valorizando somente as lembranças que ainda restam. O importante, minha filha, é contar com o que ficou na memória, pois é isso que devemos relevar. Não com a perda. O tempo passa e a gente fica no passado, não é mesmo, minha menina? O passado é o tempo do velho. A sua proteção. O velho fica sempre no passado buscando apoio para a vida...

O professor Caldeira, assentado um pouco mais à frente, na poltrona 12A, percebeu o que a senhora comentava a respeito do marido, do tempo e do passado, assim como a sabedoria em não valorizar a perda. Não enfrentá-la. Interessou-se em saber um pouco mais daquela conversa sobre o esquecimento dos velhos e como ela lidava com isso de forma tão tranquila e consciente. Lembrou-se, entre um pensamento e outro, que assistira da mesma forma o desfalecimento gradativo da sogra, cuja memória se esvaía a cada ano, sem demonstrar para os estranhos, ou mesmo aos amigos que a viam esporadicamente, a lassidão de suas lembranças mais recentes. Mesmo os parentes mais chegados, e somente os que conviviam mais de perto com ela no dia a dia, perceberam tardiamente algumas falhas de lembranças de fatos ocorridos, lugares ou encontros com pessoas. Inicialmente, nada intuíram, principalmente porque nessa época sua sogra ainda não completara sessenta anos.

Com o passar dos meses, conscientes, os filhos e netos concordaram que podia ser uma possível perda de memória momentânea, mas sem muita importância. Mas falavam raramente do assunto entre eles, jamais na presença de amigos ou de estranhos. "Talvez, por alguma razão não verbalizada ou inconsciente, por não admitirem algo pior, não se permitiam perceber...", pensava o professor. Com o passar dos anos, observaram que se abriram lacunas mais intensas em suas lembranças mais recentes; posteriormente, da mesma forma, mesmo daquelas mais remotas. Num período intermediário, repetia as mesmas perguntas a um ou a outro mais próximo, em que o esquecimento completo de forma progressiva já solapava sua mente indefesa. Apesar de tudo, dos esforços e do medo de todos da família, o diagnóstico foi conclusivo...

– Senhores passageiros, é o Comandante que novamente vos fala da cabine de comando. Segundo a Torre, dentro de alguns minutos teremos a autorização para dar continuidade ao voo RG-4253 com destino ao Aeroporto de Congonhas, em São Paulo. O tempo nesse momento na capital paulista é bom, nublado com nuvens esparsas, com os termômetros marcando vinte e cinco graus.

No alto-falante do avião, ouvia-se, ao fundo, de uma rádio local, uma sequência musical com músicas selecionadas de Ray Charles, morto em junho daquele ano, segundo o locutor.

No momento em que se ouvia "*I Can't Stop Loving You*", o professor Caldeira emocionou-se invadido de lembranças e recordações... Era a música preferida do casal, dele e da mulher, em substituição a muitas outras que curtiam juntos no passado. Dele principalmente, pois encontrava nessa música muita coisa que gostaria de dizer para a mulher todos os dias; das suas lembranças; das suas saudades... A música ficou gravada na memória do professor Caldeira desde quando foram assistir a um show do cantor no Ibirapuera em junho de 1995... Nesse dia, de repente, em pleno show, ela perguntou para ele onde estavam, pois "deu um branco". Em seguida, disse-lhe que se sentia muito feliz e emocionada, apesar de não saber onde estava. Que sentia muita alegria em seu corpo. Segundos depois, quando interpelada pelo marido sobre a questão colocada por ela a respeito de onde estavam, percebeu que ela retrocedeu, assustada, dizendo que estava brincando: "é claro que estou brincando, querido!..."

– Que coisa sublime, meu bem! Agora, de repente, ficou mais claro para mim o significado dessa música, agora no final, não é estranho? – Percebendo que o marido não compreendera bem o que falava devido ao momento confuso anterior, às palmas, os gritos e luzes, ela reforçou, complementando o que sentia:

– Estou dizendo, querido, que no final, somente agora realmente compreendi, quando ele canta na última parte da música, repetindo: "*So I'll Just live my life of dreams of yesterday*". A ideia de "viver a vida nos sonhos de ontem", ou alguma coisa parecida, é bonita!... Mas me assusta...

6

Grace Kelly e Caroline Louise já contabilizavam as consequências de chegarem muito atrasadas ao encontro de boas vindas nas dependências do hotel, na Barra da Tijuca, naquela noite. Sabiam que não teriam mais tempo para se arrumarem da forma que gostariam. Sobretudo o cabelo e a maquiagem, além de outras coisas menores. No hotel, segundo comentavam mãe e filha, as demais modelos já deveriam estar se embelezando nos salões de beleza do hotel, ou mesmo em suas suítes, onde colocariam as melhores roupas para o evento da noite. Conforme a filha ficou sabendo na seleção de que participou em Porto Alegre, na semana anterior, tendo sido escolhida juntamente com outra gaúcha da capital, seria vinte e quatro o número total de meninas selecionadas para esse evento nos diversos Estados do Brasil. De todas essas, apenas duas seriam contratadas para compor o grupo de modelos de todo mundo no desfile da coleção moda-praia de uma grife italiana ainda não revelada, em Milão, no inicio do próximo ano.

– Acho que a sandália que tu escolheu, Carol, não vai ficar bem com o vestido novo. Tu deveria usar aquela aberta, mais solta e leve. Além de ter o tom ideal para a tua roupa, o brilho vai melhor e é mais adequado para uma noite quente do Rio, minha filha. – Percebendo a cara de deboche da moça, Grace Kelly continuou, com um tom mais elevado:

– Escuta o que eu estou falando pra ti, Caroline Louise! A sandália fechada que trouxeste não combina, minha filha, e tu insiste nisso! – O problema da sandália, é que Caroline não queria mostrar os dedos dos pés, que achava feios. Voltou-se para mãe e retrucou, definitivamente, encerrando a conversa:

– Sandália aberta ou transparente, Mamãe, nem pensar!

– Atenção, senhores passageiros, novamente o Comandante, para dizer que o voo RG-4253 está autorizado. Tripulação, preparar para os procedimentos de bordo... O Tempo de voo de Passo Fundo ao Aeroporto de Congonhas está estimado em uma hora e vinte minutos. – O comandante ainda avisou a todos que aguardariam apenas um pequeno sinal da Torre de Controle para decolar, enquanto posicionaria a aeronave na ponta da pista dentro de alguns minutos. Na sequência, a comissária de bordo, ao microfone, pediu a todos que atendessem aos avisos de atar cintos, prender as mesinhas e não fumar.

Graça Maria sentiu-se angustiada, pois estava dividida naqueles últimos momentos que se seguiram aos avisos da aeromoça. Em cada demora ou atropelo que ocorria naquela tarde, no aeroporto, desde que percebeu atrasado o voo previsto inicialmente para as dezesseis horas e trinta minutos, enquanto conversava com alguns passageiros na sala de embarque, Graça, inconscientemente, aguardava que alguma coisa impedisse a viagem do filho de quem não se separou desde a concepção. Ainda que confiasse plenamente que tudo ocorreria bem, e que essa viagem para a Itália era muito importante para o relacionamento do menino com o pai de quem sentia falta, tendo passado o ano todo envolvido com a viagem na expectativa desse encontro, seu coração de mãe recuava e avançava. Como a pulsar assustadores desejos e medos; alegrias e tristezas; angústias e alívios, trazendo de tempos em tempos arritmias, descompassos e aflições... Com o apagar das luzes internas, Ricardinho adormeceu quando o avião começou a ser conduzido pelo Comandante para a cabeceira da pista. Graça Maria, atenciosa, tirou a mochila com a estampa do Pinóquio do colo do menino, colocando-a aos seus pés, conforme indicara a comissária em seu último aviso. Passou levemente a mão esquerda em seus cabelos louros, lisos e soltos, que, rebeldes, retornaram-se para a mesma posição, repartidos em franja sobre a testa. Dormia profundamente.

Quando Ricardinho completou seis anos, o primeiro aniversário comemorado em que não teve a presença do pai, ele pediu à mãe para soprar as velas com ele, pois não queria fazê-lo sozinho. Parecia que não conseguiria, ainda que insistisse. Estava muito triste, pois o pai, que havia voltado para a Itália um mês antes, prometeu telefonar para lhe dar os parabéns e não o fez. Graça, na ocasião, por estar ainda muito magoada com o ex-companheiro, e por ter tomado uma decisão incorreta, ainda que justificável do seu ponto de vista naquele momento, não contou para o menino que o pai havia telefonado. Apesar do estrago percebido tardiamente, ela resolveu lhe contar a verdade, quando o pequeno já estava de pijama e na cama, no momento de dormir. Com uma reação adulta ou mesmo estranha para uma criança daquela idade, Ricardinho falou para a mãe, aparentemente magoado, que ela estava protegendo o pai, falando que ele havia telefonado apesar de não ser verdade. Desde aquele dia, Graça Maria jurou que nunca mais faria uma coisa parecida ou não faltaria com a verdade com o filho, ainda que isso lhe custasse muito. Mesmo que, aparentemente, fosse bom para ele, pois, como diziam os mais velhos de sua casa, recordava, “uma mentirinha bem dosada não faz mal a ninguém e pode salvar uma relação”.

Olhando para fora da janela do seu assento 12A, o professor Caldeira viu que um homem de macacão, semelhante ao mecânico da empresa aérea, desligava as luzes do lado de fora do prédio, das arandelas localizadas na parede do aeroporto, deixando acesas apenas algumas. Observou que por algum motivo o homem parou de repente o que fazia, entre um interruptor e outro, e olhou diretamente para a aeronave em movimento como se quisesse comunicar visualmente com alguém à distância. Naquele momento, o professor atinou seus sentidos, procurando ver se de onde estava poderia perceber algum movimento voluntário que lhe permitisse decodificar o que o tal homem queria ou mesmo pensava naquele momento. O mecânico deu cinco passos em direção ao avião e parou, no momento em que o *Jet-Class* girava sobre as rodas buscando a direção correta para se dirigir à pista ainda afastada do lugar onde estavam. Caldeira percebeu que o mecânico procurava algo no cinto... Depois nos bolsos, quando, finalmente, voltou-se em direção à porta de saída da sala de embarque onde supostamente havia algo colocado sobre uma mesinha de madeira que ele pegou rapidamente, voltando-se de frente para o avião. Instantes depois, retornando para o mesmo ponto onde estava, distante de aproximadamente cinco metros daquela porta, o mecânico ligou um rádio comunicador que segurava com a mão esquerda próximo à boca. Pelos gestos que fazia com a mão direita o professor concluiu que ele estava tentando entrar em contato com alguém, enquanto olhava fixamente para o avião em movimento. Num dado momento, o mecânico afastou-se mais uns dez metros de onde estava e, de costas para o avião, tentava visualizar alguém que deveria estar no alto, além da cobertura do aeroporto. "Provavelmente ele está tentando se comunicar visualmente com a Torre de Comando", pensou...

Atento ao que ocorria dentro da aeronave, e de olho no mecânico que ainda insistia com o seu rádio junto à boca, o professor percebeu que o avião parou. Mas que parou tranquilamente, com as luzes internas acesas como se estivesse dando suas últimas sincronizadas para receber a autorização de avançar e decolar. Mas, em seguida pôs-se em movimento, ainda que devagar, no início, até voltar a acelerar continuadamente. Ao mesmo tempo percebeu, ao longe, que o mecânico continuava no pátio de manobras falando ao rádio com alguém, do local quase exato de onde há poucos minutos o avião estava estacionado, enquanto aguardava o momento de sair em direção à cabeceira da pista.

"Será que houve alguma coisa com o avião que o mecânico está tentando dizer para o comandante através da Torre de Comando?" Pensou de maneira objetiva, o professor, pois que estava quase apostando em sua intuição ou conhecimento da pessoa humana, sobretudo devido às circunstâncias e problemas que envolviam aquele voo até aquele momento. Ainda por cima, havia os gestos: "um homem na função de mecânico de aeronaves, observava que um equipamento importante, sob sua responsabilidade, apresentava algum problema, e dava avisos aos demais sobre sua dúvida", pensou. Ou mesmo, sobre sua certeza de que algo não estaria bem com aquele equipamento, e por isso mesmo era necessário e urgente alertar sobre o problema à torre de controle e ao comandante. Fazer alguma coisa, que somente ele, o mecânico, poderia dizer naquela hora o que deveria ser feito.

No controle aparente da situação, o professor conferia as reações, gestos e os movimentos faciais da aeromoça que estava assentada junto à entrada do avião... Teve ímpetos de alertá-la sobre o que pressentia, mas se deteve confiante que suas suposições não passavam de conjecturas e abstrações filosóficas. De devaneios teóricos da Academia. Sossegou-se.

Segundos depois, a aeronave parecia que iria parar, pois estava indo muito devagar, ficando assim um tempo quando novamente pôs-se em movimento. Inicialmente devagar, num ritmo e aceleração, brandas, mas constantes e sem solavancos. Nesse momento, o professor deixou-se perceber em seu rosto um riso leve e contido, em que brincava com seus pensamentos, quando percebeu que podia ter se enganado completamente naquela leitura à distância quando julgava ter o controle do que se passava a todo instante com aquela pessoa encarregada de apagar as luzes externas do aeroporto, o mecânico da Rio-Sul. Suas expectativas e suposições experimentais sobre a leitura do que se passava lá fora, não contribuíra em nada para tornar menos complexa a situação em que se encontravam todas as pessoas naquele avião. "Mas foi uma tentativa, apesar de não ter resultado em quase nada", pensou.

"Já passam certamente das dezenove horas e trinta e cinco minutos", pensou um dos passageiros, o homem gordo assentado na mesma poltrona individual 4A, antes mesmo de olhar em seu relógio de pulso para conferir. Do lado de fora, o céu azul marinho, mais claro no poente, era entremeado com nuvens esparsas e sonolentas na expectativa da descida definitiva da noite. Apenas um casal de quero-quero ainda piava alto, enquanto caminhava agitado sobre a grama ao lado da pista do aeroporto como a se despedir da última barulheira que ouviria naquela noite, incomodando sua prole. Desnorteados e sem razão aparente, os pássaros alçaram voo para longe dali, buscando refúgio um pouco mais à frente, numa manobra rápida com as asas quase tocando o solo. Pousaram agora sobre o asfalto, próximo a uma faixa amarela que servia de marcação limite do espaço de manobras, fazendo mesuras com o rabo e a cabeça. Cantaram mais uma vez, desafiantes, um "*quero-quero*" alto e coordenado.

Novamente o avião que já se encontrava na cabeceira da pista parou da mesma forma que no momento anterior, sem novidades. Sem sobressaltos, apenas parou como que aguardasse algum comando externo. Por um momento, pareceu que o alto-falante estava novamente sendo sincronizado na rádio de Passo Fundo, a mesma que a instantes tocava uma sequência de músicas com Ray Charles... De repente, silêncio. Apesar de estarem longe do prédio do aeroporto, o professor observou que junto do mecânico polaco, próximo ao ponto de embarque, chegara também outra pessoa. Possivelmente o motorista do trator.

“Mas o que estariam fazendo juntos novamente aqueles dois a essa hora?”. Indagou para si mesmo o professor Caldeira. Na sequência, imaginou que os dois homens poderiam, talvez, estar ouvindo o jogo do Grêmio, o mesmo jogo dos dois passageiros assentados no banco de trás, os das poltronas da fileira quinze. Nesse caso, não haveria nada de errado com aquele avião.

Entretanto, o avião continuava parado. “O que poderia ter acontecido? Será que a torre finalmente avisou para o piloto sobre a dúvida do mecânico?”. Com esse pensamento, o professor observou que as demais pessoas também começavam a se inquietar. Olhou em seguida para a comissária à frente, buscando ler nela alguma coisa que a revelasse. Que a deixasse inquieta, fazendo-a demonstrar, de alguma forma, que algo não estava bem. Ou mesmo, “que algo estava estranho com aquele avião, com aquele procedimento demorado, com tudo, enfim!”. Com esses pensamentos e observações do que ocorria naquele momento, lembrou-se de um acidente grave, mas sem vítimas, ocorrido no final de 1998, com um ERJ-145 da Embraer, também da Rio-Sul, mas, no aeroporto Afonso Pena, em Curitiba, na última segunda-feira do mês de dezembro daquele ano. Lembrava-se bem desse dia. Nessa ocasião, o professor e sua mulher passaram o natal sem a filha na casa de uma cunhada, em Pontal do Paraná, com quem morava o sogro, e para onde se mudara havia oito anos, desde quando ficou viúvo, depois de um longo período de expectativa ao lado da esposa enferma e debilitada. O professor Caldeira, naquele dia, precisava retornar a São Paulo para esperar a filha que chegaria da França, no aeroporto de Cumbica. A moça, com quase vinte e cinco anos, fazia mestrado em tecnologia da informação na Universidade de Lion, no leste da França. Chegaria, com um amigo francês, para passar o Réveillon com a família brasileira na costa do Paraná e pegar um pouco de sol durante algumas semanas. Fazia muito frio no inverno europeu naquele ano, como reforçara a filha a propósito de Lion, na França, nos últimos e-mails trocados com os pais: "*La vieille Lyon continue, comme toujours, très froide*".

Lembrava-se muito bem daquele acidente, porque o aeroporto ficou interditado durante várias horas de tal modo que não pôde acompanhar a chegada da filha em Cumbica, ausente havia oito meses. Segundo suas lembranças, o jato da Rio-Sul, que naquele dia partira-se ao meio ao aterrissar no aeroporto, acidentou-se devido a uma manobra brusca, segundo concluíram as autoridades meses depois. Disseram que o pouso, autorizado pelo Comandante, fora feito pelo copiloto, o que era uma situação comum entre os pilotos, conforme adiantaram as autoridades, o sindicato dos aeronautas e a direção da Rio-Sul.

"Neste voo de Passo Fundo", lembrou-se o professor ainda dentro do avião, "o copiloto chama-se Benfica". "Será que é o Benfica quem está manobrando o aparelho?", indagou-se, ainda experimentando suas conjecturas enquanto observava, atento, as reações da aeromoça assentada à frente.

Restabeleceu-se a energia dentro do avião em Passo Fundo. Acenderam-se as luzes, mas não se percebia o balançar característico do movimento dos motores. Num barulho metálico de microfonia, ouviu-se uma voz da cabine:

– Senhores passageiros, é o copiloto Benfica que vos fala em nome do Comandante desta aeronave que no momento está em contato com a Torre do aeroporto de Passo Fundo. Novamente os motores da aeronave se desligaram, e, mais uma vez não foi possível restabelecer o acionamento conforme o manual. Solicitamos que aguardem mais um instante até que possamos ter mais notícias.

Imediatamente o torcedor baixinho do Grêmio, agora sem constrangimento, ligou o celular na expectativa de entrar em contato com o amigo em Passo Fundo e saber do jogo. Desta vez, ele não foi percebido pelas aeromoças, mais preocupadas com o que se passava na cabine. Na conversa que teve com o amigo do outro lado da cidade, foi informado que, apesar de estar perdendo de três a um, o Grêmio reagia milagrosamente, não deixando margem para o adversário. Conversaram mais um pouco até que o telefone, com a bateria outra vez descarregada, depois de três apitos, desligou-se.

7

Em janeiro de 2005, Dorinha completaria vinte e um anos, idade considerada no mundo de suas tias e avós como da emancipação da mulher. Queria fazer uma festa e soprar as inúmeras velas, ainda não calculadas, todas elas espetadas e bem distribuídas em um bolo especial de aniversário, como aquele que presumia ser o que levava a Dona Maria para a filha em São Paulo. Tantas quantas representassem a soma de todos os anos vividos por ela. Todas as velas juntas, solidárias com a sua saudade da mãe com quem nunca pôde soprar uma única vela, depois de ouvir cantarem os parabéns...

"Uma mulher de vinte e um anos já deve estar pronta para ser independente. Mas somente aos vinte e um." Certa vez, com essa afirmação já de início, sua avó escrevera uma carta para a sua mãe, quando a filha, morando em Porto Alegre, decidiu aos dezenove anos que iria trancar a matrícula e dar um tempo nos estudos de jornalismo. Queria dar uma volta pelo mundo em busca de conhecimento e de novas experiências não acadêmicas. Queria fazer, mas no campo cultural, como os imigrantes de vários países que, sem alternativa em suas terras, a exemplo de seus antepassados italianos, vieram para o Brasil no início do século passado e se alojaram como puderam em busca de novas perspectivas para a família. Segundo ela mesma dizia, saindo pelo mundo em busca de alternativas, estaria fazendo uma "imigração às avessas".

Quando faltavam apenas dois meses para completar vinte e um anos, a mãe da Dorinha engravidou-se de seu pai, um pernambucano que morava em Londres, e com quem morou por algum tempo naquela cidade, a partir do final do primeiro ano de sua volta incompleta ao mundo... Era considerada uma moça independente a mãe da Dorinha, e desde cedo dizia que queria conhecer outros costumes e culturas, que seria uma jornalista famosa, pelo seu trabalho como correspondente internacional. E que viveria pelo mundo atrás de notícias, em frente de guerras e conflitos, onde houvesse notícias lá estaria ela, enviada ou não por alguma agência.

Coincidentemente, e sem estar em busca de notícias, a mãe de Dorinha pôde presenciar de perto o atentado ocorrido no Marret, um tradicional bairro judeu, em Paris, quando, no início da tarde de segunda-feira, dia nove de agosto de 1982, um bando de fanáticos antissemitas, jamais identificados, jogaram uma granada em um restaurante, matando seis pessoas e ferindo várias outras com gravidade. Ao seu lado, naquele momento da explosão, seguida de tiros e de outra explosão, havia também um brasileiro que, assim como ela, refugiou-se por acaso numa pâtisserie famosa, na mesma "*Rue des Rosier*", onde ficava o restaurante invadido pelos terroristas. Naquele dia, sua mãe descobriu que jamais viria a ser repórter de guerras ou de conflitos, pois seu coração batia tão forte que o rapaz que a abraçava para se protegerem apertados debaixo do balcão, juntamente com outras pessoas assustadas e amedrontadas, lhe disse para se acalmar, pois percebia seus batimentos acelerados como de uma avoante machucada. Apesar de não saber, nem de longe o que era uma avoante, a mãe da Dorinha gostou da comparação singela do moço brasileiro com sotaque de nordestino que a abraçava com firmeza. Desconhecidos até aquele momento, escondidos atrás do balcão da pâtisserie, os pais de Dorinha se conheceram e nunca mais se separaram.

Um pouco mais tranquilo e com menores ambições, o pai de Dorinha, formado em economia, morou algum tempo na Europa buscando aprofundar-se nos estudos e, ao mesmo tempo, aperfeiçoar seu inglês na Inglaterra que, ao ouvido da companheira, a mãe da Dorinha, soava com forte sotaque pernambucano, mesmo depois de morar por dois anos naquele país. "Ela gostava do meu inglês", dizia ele, rindo do próprio sotaque anglo-nordestino carregado, quando contava para a filha sobre a mãe. Quando voltaram para o Brasil, vindos da Inglaterra, seis meses depois, instalaram-se inicialmente, em Porto Alegre, casando-se pouco tempo depois de confirmada a gravidez. Depois da lua de mel em Pernambuco, escolhida por sugestão dos pais do noivo para que a família pernambucana pudesse conhecer de perto a nora – na ocasião em que fizeram a fotografia na Igreja da Sé em Olinda – retornaram diretamente para Passo Fundo, porque foi constatada uma gravidez de risco exigindo repouso absoluto da mãe até o parto...

Na posição em que se encontrava o avião, na cabeceira da pista, naquele domingo, em Passo Fundo, o professor não pôde presenciar a vinda do trator conduzido pelo mesmo tratorista de macacão azul, com o mecânico polaco, em pé sobre o estribo do lado direito do veículo. Solicitaram acesso à aeronave para que o mecânico pudesse subir e conversar com o Comandante. Depois de dar duas batidas na porta principal do avião, observado também visualmente pela aeromoça que acompanhara pela escotilha de vidro a pela escada externa, a porta foi aberta por dentro, deixando entrar um pouco da brisa, ora fresca, ora quente, indicando que ventos noturnos já rondavam o espaço da pista do aeroporto.

Cumprimentaram-se rapidamente. A moça afastou-se um pouco para que o homem passasse. No pequeno trajeto até a porta da cabine, o mecânico polaco voltou seu olhar para dentro do avião, percebendo que todos os passageiros, indistintamente, também o olhavam curiosos. Certamente nele permaneciam algumas das respostas às suas expectativas. Desviou rapidamente o olhar, buscando se poupar daquela indagação prenunciada das pessoas, quando se deparou com os olhos espertos do pequeno Ricardinho que o seguia admirado e curioso, talvez devido ao tamanho do mecânico, de quase dois metros de altura, ou mesmo por causa de sua cabeleira loura, semelhante à sua. Acenou um pouco sem graça para o garoto com a mão direita, enquanto a esquerda girava a maçaneta da porta da cabine que se abrira na sequência. Rapidamente, curvando a cabeça, entrou para junto dos pilotos, fechando a porta atrás de si.

Nesse momento, vindo do fundo do avião, a aeromoça do cabelo pintado de louro, ouviu de várias pessoas que não queriam mais seguir naquele avião, pois estavam com medo de que viesse acontecer alguma coisa. Que estavam assustados com tanta falha técnica e com a demora naquele voo, atrasado em três horas. "Era um prenúncio de que não deveriam mais voar naquele dia", diziam alguns mais supersticiosos. Várias pessoas concordaram em que não deveriam prosseguir com aquele avião. Gostariam de saber o que estava ocorrendo com receio de serem forçados a viajar em um aparelho que já apresentava defeitos no solo, mesmo antes da decolagem. Sobretudo, porque, segundo relatou o moço gordo do chimarrão – assentado novamente na poltrona 4A – quando ainda estava na sala de embarque para um pequeno número de pessoas, "para não assustar todo mundo". Segundo ele mesmo disse, naquele momento, "houve um acidente feio com um avião *Jet-Class*, da Rio-Sul, com este, em Curitiba havia cinco ou seis anos". Por tudo isso, concluiu, "era melhor cancelar aquele voo."

Grace Kelly, ouvindo o que falava com a comissária o mesmo senhor gordo da poltrona 4A, logo à sua frente, a propósito do cancelamento do voo, disse em alta voz não concordar definitivamente com ele. "Nada de cancelamento, meu senhor". Acentuou rispidamente, pois exigia que dessem a partida imediatamente naquele avião, pois não via nenhuma razão para interromperem a viagem por causa de um problema com o mecanismo de acionamento. "É só um problema com a bateria", acrescentou. Como percebeu que as pessoas a observavam incrédulos, por não reconhecerem nela alguém que pelo menos entendesse algo sobre mecânica de avião, ou mesmo de qualquer outra mecânica, Grace Kelly adiantou que o marido dela, um industrial conhecido da região, era engenheiro mecânico. E que ele lhe repassara informações pelo celular no momento em que estavam todos na sala de espera até a pouco tempo, tranquilizando-a quanto ao problema de acionamento do ERJ-145 da Embraer.

– Ele me disse – afirmou a mulher exaltada – que o que estava ocorrendo com esse avião era um caso simples de resolver. – Percebendo que o senhor da poltrona 4A não lhe deu nenhuma atenção, pois estava decidido sobre o cancelamento do voo, continuou ainda mais exaltada:

– Ficar aqui nesse aeroporto, de jeito nenhum, meu senhor! O senhor vai me desculpar, mas não há nada que possa interromper esse voo, ainda mais uma simples falha de acionamento dos motores... Um simples problema de bateria. – Assim que terminou de falar, olhou ao seu redor, como também para as poltronas de trás e percebeu que não havia seguidores ao que proclamava.

Desta vez, para espanto da própria Grace Kelly, parece que Caroline Louise concordara pela primeira vez com a mãe, conforme observaram os demais passageiros assentados mais a frente do avião. Ambas pareciam ansiosas e não se sentiam em condições de suportar mais esperas naquele voo, ainda mais um cancelamento. Salvo se enviassem um novo avião para prosseguirem o voo. "Por que não?", pensou a menina, agora voltando-se para a mãe, com essa ideia, puxando-a pela braço. Grace Kelly ainda convencia o homem gordo ao lado, sobre não concordar com o que ele disse a propósito de cancelar o voo...

Os torcedores do Grêmio nada reclamaram daquele contratempo. Estavam calados no seu canto numa espécie de euforia contida. Apenas abraçaram-se, sem nada falar ou gritar. Pois acabaram de ouvir pelo celular do amigo assentado na poltrona do corredor, que o Grêmio acabara de fazer mais um gol no Atlético Paranaense aos quarenta e três minutos do segundo tempo. "Um milagre", pensaram. Estavam eufóricos com o que acabara de acontecer. Quase inacreditável, "um verdadeiro milagre!", diziam. Naquele momento, ficaram sabendo pelo amigo que tudo assistia em casa, em Passo Fundo, sobre o gol do Grêmio: "Baloy marcou um belíssimo gol de cabeça", dissera o amigo do outro lado da linha, detalhando que "*George cobrou uma falta da direita... Baloy, na pequena área escorou de cabeça e mandou a bola no canto direito do goleiro Diego, marcando o segundo gol do Grêmio*".

Apesar da alegria, os torcedores não queriam se manifestar com muito barulho, por medo de serem obrigados a desligar o telefone naquele momento importantíssimo do jogo. Mas que acontecera algo com aqueles torcedores era indiscutível, sobretudo para os que estavam assentados nas poltronas à frente, mais próximas à fileira quinze. O placar, agora quase no final do jogo, marcava dois para o Grêmio e três para o Atlético-PR e conforme lhe repassava outro amigo que assistia ao jogo em Passo Fundo: “o nosso time está partindo para cima do adversário, vai ter mais gol”.

Percebendo que os gremistas deviam estar utilizando algum aparelho eletrônico, a aeromoça de cabelo pintado de louro foi até eles pedindo-lhes que o desligassem. Pois, conforme explicou aos dois passageiros, “as leis brasileiras em caso de problemas de comunicação da aeronave, ou de problemas mecânicos, exigem que todos os aparelhos sejam desligados, mesmo estando a porta do avião aberta como naquele momento”. Mediante isso, solicitava que os dois passageiros acatassem o seu pedido, desligando o telefone celular. Um pouco desolados em interromperem o jogo, mas alegres pelo segundo gol aos quarenta e três minutos do segundo tempo, concordaram que já estava razoável aquele placar. Desligaram e guardaram o telefone no compartimento de bagagens acima das suas poltronas.

8

Dona Maria estava preocupada, pois ainda que o marido tivesse reagido ao medicamento, ficando mais esperto, observou que ele ainda continuava um pouco amuado, olhando para frente sem mesmo se dar conta de que o avião estivesse parado. Além disso, parecia estar sem muita vontade de interagir com as pessoas. Para estimulá-lo, resolveu conversar sobre um assunto que mais gostava de falar em casa com as filhas e netos, ou mesmo na Praça Central de Passo Fundo com os velhos amigos. Do tempo em que se casaram há sessenta anos, em 1944, uma semana antes de ele partir com a Força Expedicionária Brasileira, a FEB, para a Itália. Nessa ocasião, ambos moravam em Pulador, um pequeno distrito de Passo Fundo, localizado a vinte e cinco quilômetros a oeste da cidade, onde nasceram. O pai do Zeca – um legalista convicto que combateu os Maragatos em 1894, na sangrenta Batalha do Pulador, como voluntário do Senador Pinheiro Machado[7] –, fez questão que o filho se alistasse na FEB para combater o nazismo na Itália, para de-

---

7 *José Gomes Pinheiro Machado, político brasileiro da República Velha, natural de Crus Alta no Rio Grande do Sul, ficou conhecido por ter derrotado os revolucionários maragatos comandados por Gumercindo Saraiva no dia 27 de junho de 1894 na Batalha de Pulador.*

sespero da mãe do rapaz e da noiva a quem prometera se casar mesmo sendo convocado para a missão de guerra. Na ocasião, Mariazinha, como já era chamada carinhosamente pelo noivo Zeca, com apenas vinte anos, já se sentia velha para casar e, muito mais do que isso, preocupava-se em ficar viúva nova de marido herói.

– Lembra-te, Zeca, quando tu partiu de Pulador com os outros praças na boleia do caminhão dos Pereira em direção a Passo Fundo? Chorei um ano inteiro a tua espera. Tu te lembra?

– Lembro sim, minha velha. Mas é claro que lembro. Como eu haveria de me esquecer desse dia, mulher? Apesar do choro e da tua cara vermelha, era a mais bonita de todas as prendas que ficaram em Pulador, apenas com a esperança... Tu era a mais bonita de todas, e tu sabe disto. Pra falar a verdade, Mariazinha, tu não mudou nada. Tens a mesma beleza daquele dia... – Disse assim, e com dois leves tapinhas nas mãos da mulher, retornou seu rosto para a mesma posição em que se encontrava antes, olhando para frente, para muito além daquele avião.

Olga e João Manuel estavam um pouco inquietos, pois começaram a conversar sobre um possível cancelamento daquele voo para São Paulo, não tinham alternativas, dado que as provas para a Residência Médica do Hospital Alberto Einstein começariam às sete horas e trinta minutos, impreterivelmente. Conforme leram novamente no Edital que João Manuel levava em sua valise preta, os portões seriam fechados às sete horas e quinze minutos. Por isso mesmo, não havia meios de chegar a São Paulo a tempo, a partir de Passo Fundo, a não ser naquele voo da Rio-Sul, parado ainda no aeroporto, aparentemente sem perspectivas de prosseguir nos próximos minutos.

Vendo a tranquilidade com que João Manuel lidava com esse problema, da sua paciência e serenidade, mesmo considerando a gravidade da perda da oportunidade de participar daquelas provas para o que havia se preparado exaustivamente nos últimos meses, a jovem médica lembrou-se de como o avô lidava com situações semelhantes, diante de obstáculos intransponíveis. Ela gostava daquele jeito do amigo. Sempre tranquilo, sem sobressaltos.

Certa vez, o avô contou para a neta uma história de pescador, como dizia sua tia-avó solteirona e que vivia com eles na mesma casa, caçoando do irmão caçula, apesar de ter vivenciado as penúrias que o pequeno Boris passara naquela história da família. O velho avô contou para a neta, no dia em que fez dez anos, sobre uma vez em que ele acompanhava o pai, o bisavô da menina, numa pescaria no Rio Uruguai, em que estavam arranchados no lado da Argentina, onde também havia boa caça, juntamente com dois conterrâneos russos de Santa Rosa em setembro de 1927. Chovia muito e um dos conterrâneos estava com febre alta devido a um corte profundo que sofrera nas mãos e outras escoriações no corpo ocorridas quando pescava na noite anterior, de barco, no meio do rio com o outro companheiro. De onde estavam, no meio do rio, apesar de longe, era possível vê-los do rancho que ficava no alto de um barranco bem fora da calha do Uruguai, pois os pescadores estavam com um lampião acesso para facilitar a movimentação no barco, no meio do nada. De tempos em tempos, no meio da noite, o pai de Boris dava uma olhada para o rio procurando ver os companheiros que deveriam chegar para comer e dormir, antes das dez horas da noite, identificando, ainda que distante, a luz acesa no mastro improvisado na proa do barco. Instantes depois começou a relampejar continuamente. Na sequência, a trovejar forte com grandes estalos rasgando a atmosfera carregada, e finalmente a chuva forte caiu em mantas escuras cobrindo a pouca luz do céu, de repente.

Segundo o avô, o barco daqueles companheiros que pescavam sozinhos durante a noite quebrou e virou ao bater em um tronco de árvore dentro do rio, jogando os dois homens na água. Um deles, o que machucou feio a mão por ter se segurado naquele tronco de árvore, se salvou. O colega, um russo corpulento e mais velho não teve a mesma sorte, tendo sido levado pela correnteza juntamente com o barco avariado e nunca mais foi visto. O sobrevivente depois de perder o barco e o amigo no meio da noite conseguiu chegar à margem do rio horas depois com muita dificuldade. O homem foi encontrado pelo pai de Boris somente na madrugada, dois quilômetros rio abaixo.

Preocupado com o tempo fechado, com a demora do retorno dos companheiros e por não mais perceber a pequena luz que avistava até uma hora antes, o pai de Boris saiu em busca deles, por volta da meia-noite, caminhando rio abaixo pela mata, na margem direita do Uruguai. O pequeno Boris, com aproximadamente treze anos, que até então nada sabia, ficara no rancho dormindo, numa barraca grande preparada na véspera com uma lona pelos pescadores. O bisavô Korotkoff e o pescador ferido chegaram ao acampamento somente pela manhã quando o sol começava a clarear as nuvens de chuva no horizonte do lado brasileiro. O homem estava muito machucado e fraco no momento em que deu a notícia do desaparecimento do amigo. Pelo estado febril em que estava, delirando e com muita febre, o pai de Boris presumiu que o companheiro também morreria se não fosse feita alguma coisa como tirá-lo daquele lugar ou ir sozinho em busca de socorro deixando com o filho o homem moribundo.

Optou por levar o companheiro machucado e deixar o filho. Diante do quadro, e como o barco que restou não era capaz de transportar com segurança três pessoas na travessia do rio sob a tempestade que se aproximava, o menino foi deixado sozinho no acampamento do lado argentino, aconselhado pelo pai de como devia se proceder na sua espera, enquanto estivesse fora. O pai, levando consigo o homem ferido na canoa, saiu por volta das dez horas daquela manhã, de retorno à margem brasileira para buscar socorro e dar notícias do desaparecimento do companheiro. Do outro lado do Rio Uruguai, haviam deixado na véspera, uma charrete e uma carroça. Os dois burros da carroça dos conterrâneos de Santa Rosa e a égua da charrete dos Korotkoff estavam soltos num cercado improvisado que fizeram na véspera, num barranco na beira do rio.

Sem alternativa, o pequeno Boris ficou naquele rancho, sozinho no meio da mata, às margens do rio Uruguai. Sem escolha, enfrentou seus problemas resolvendo-os assim que chegavam, sem dispersar seus pensamentos com fantasias e medos incontroláveis. Passara duas noites naquele lugar no meio do nada. Tinha apenas a certeza de que o pai retornaria para buscá-lo, apesar da demora, pois sua expectativa era a de que ele voltaria mais rápido do que realmente aconteceu... Por problemas de comunicação e da cheia repentina do Rio Uruguai, inundando as várzeas do lado do Brasil, o socorro veio somente três dias depois quando o velho Korotkoff finalmente pôde atravessar o rio para a outra margem para buscar o filho, trazendo consigo outros voluntários de Campina das Missões em dois outros barcos. Boris contava que teve que superar o medo das onças pintadas, muito comuns na região, além do frio e das chuvas que não cessavam. O menino não se afastou do local onde seu pai o havia deixado, em nenhum momento, sentindo-se responsável pela preservação do que ficara sob a sua guarda: as varas de pesca, um facão, um lampião Aladim, já com pouco querosene, algumas velas de cera de abelha, duas caixas de fósforo, um canivete pica-fumo e uma velha espingarda da marca Amadeo Rossi, fabricada em São Leopoldo, próxima à Porto Alegre pertencente ao homem desaparecido. Uma arma de caça conhecida como chumbeira, em que a pólvora, as buchas e os chumbos eram introduzidos e socados pela ponta com uma vareta especial. O menino acostumado a acompanhar o pai pelos banhados, sabia utilizar esse tipo de arma, comum aos caçadores e pescadores da época nessa região das Missões.

Tempos depois Olga brincava com uma parte dessa história, dizendo que o avô foi o primeiro a comer sushi no Brasil, pois, como a chuva não cessava, não foi possível acender o fogo com a lenha e gravetos molhados. O pouco que pescava na margem corrente do rio, que se elevava a cada dia, depois de limpo era comido com sal e limão trazidos para o acampamento, além de algumas bananas e fatias de pão de milho que completavam sua dieta...

– Olga, parece que o mecânico está tendo dificuldades em resolver o problema, tu não acha? Ele já está naquela cabine há pelo menos cinco minutos. – Comentou João Manuel com a colega que estava distraída ao seu lado, olhando para fora do avião, no aeroporto de Passo Fundo.

– Tu sabes que não percebi, João Manuel? Eu estava aqui distraída, lembrando-me de casos do meu avô de quem não consigo me esquecer... Acho que ele não tem muito tempo de vida, coitado. Mas prefere ser cuidado em casa, não quer mais ser levado para o hospital de Ijuí. Achei o seu estado muito preocupante, quase não tem pulso. Está triste e fala pouco. Perdeu a alegria que sempre teve. Acho que ele sabe que não tem mais muito tempo conosco. Apesar de tudo, fez-se de forte para não me segurar ao seu lado devido às provas da Residência em São Paulo. – Fez uma pequena pausa, permanecendo pensativa. Em seguida, continuou:

– Ele está sozinho naquela casa grande com apenas uma ajudante, a Benedita. Você se lembra dela, João Manuel? Ela é uma gracinha, tomou conta de mim desde pequenina. Está com a família há trinta anos, já pensou? É muita dedicação, meu Deus! Minha tia, que mora em Ijuí, deve chegar somente na quarta ou na quinta-feira. Fico aqui a pensar se não seria melhor retornar para Campina e ficar com ele nesses dias. Deixar essa prova para o ano que vem... Talvez tirar uma semana de folga no hospital das clínicas em Porto Alegre e ficar ao seu lado... – Percebendo a aflição da colega, João Manuel apenas pegou na sua mão esquerda, sem nada falar, mas com uma ligeira expressão em seu rosto parecia lhe dizer que compreendia o que ela falava, que estava ao seu lado para o que decidisse.

Apesar de tão próximos e amigos, os dois nunca tiveram nenhuma relação de namoro ou coisa parecida nesses seis anos de convivência. Dedicada aos estudos, apesar de bonita, meiga e feminina, Olga não teve ainda tempo para o namoro, como dizia ao ser perguntada ou mesmo sondada por algum pretendente. Pois se dedicou exclusivamente aos estudos de forma a aproveitar ao máximo o que lhe passavam na faculdade, nos estágios e excursões de pesquisa que participara desde quando entrou para o curso de medicina em 1998. Na verdade, por perceber que o avô já estava com a idade avançada, tinha medo de que morresse antes de vê-la formada. Antes de vê-la médica e bem sucedida na carreira como um primo famoso do velho Korotkoff, pai de Boris.

Dois anos depois do dia em que estiveram com o jovem padre Russo em Santa Rosa – em que ganhou do padre e sua mulher o ícone sagrado de Nossa Senhora de Wladimir –, quando Olga já mocinha e com idade de compreender a importância do que lhe revelaria, o avô resolveu lhe contar, no dia do seu aniversário, sobre um famoso primo da família. Contou-lhe a história do médico chamado Nikolai Korotkoff, cirurgião cardiovascular russo que revolucionou a medicina e a cardiologia no inicio do século vinte. Olga soube naquele dia pelo avô que esse médico da família ficou famoso por ter inventado uma técnica precisa para se medir a pressão arterial, cujos princípios são os mesmos utilizados até hoje em todo mundo. Uma história de sucesso que os membros da família Korotkoff, no Brasil, guardavam orgulhosos, mas que jamais comentaram com os conterrâneos de Campina das Missões. Sabendo dessa história de quem o avô e as velhas tias guardavam com muito orgulho, inspirada, Olga definiu que também seria cardiologista como o primo distante. O que sempre sustentou, quando indagada sobre a carreira que seguiria quando entrasse para a faculdade de medicina. Por causa disso, desde o ginásio e, posteriormente, no curso secundário que terminou com apenas quinze anos, não queria perder tempo. Não se permitia. Olga a partir desse fato, inconscientemente, dedicou seus estudos ao avô, às suas histórias e à sua própria família, vendo-se capaz de lhes dar de presente essa formatura, concretizando uma esperança, quase um sonho tão apaixonado do avô: ter uma neta médica, especializada em cardiologia.

João Manuel, diferentemente da colega, era namorador. Nos seis anos de faculdade, teve seguramente mais de dez namoradas firmes e definitivas, como brincava a esse respeito com os colegas. A última delas foi uma arquiteta de Florianópolis chamada Raquel, que conheceu quando passava uma semana em Balneário Comburiu com uns amigos no final do ano anterior e com quem namorou por mais tempo. Raquel rompeu com o namoro nove meses depois, quando percebeu que o moço não pensava ou falava no futuro da relação. “Foi melhor assim”, pensou. “Foi bom ter terminado aquele namoro com a Raquel, pois assim posso me dedicar mais à prova de Residência médica em novembro". Comentou desta forma com a Olga, quando lhe deu a notícia de que estava de novo solteiro.

9

Vendo que a velha senhora estava incomodada com o marido, que lhe chamava de tempos em tempos, puxando conversa, o professor perguntou-lhe de onde estava assentado, se ela precisava de alguma ajuda. Respondeu-lhe que não. Que apenas procurava estimulá-lo um pouco, pois o marido ultimamente ficava sempre daquela forma quando permanecia assentado ou mesmo deitado depois de ter ingerido a pílula pequena que toma duas horas após o almoço. Percebendo que a Dona Maria falava dele com o passageiro da poltrona da frente, à sua esquerda, o Seu Zeca voltou-se para o professor, dizendo-lhe que de tempos em tempos se fazia de morto, para ver se o mundo se lembraria dele quando fosse embora dessa terra. O professor Caldeira sorriu encantado com a alegria daquele velho que caçoava da vida que levava e das dificuldades da memória, com leveza.

– Somente de uma coisa eu tempo certeza, moço. Eu fui um dos combatentes da FEB, como expedicionário. Parti para a Itália quando tinha vinte e quatro anos. Ela casou comigo uma semana antes com medo de eu nunca mais voltar. Voltar vivo, o senhor sabe. Tenho até hoje um companheiro da minha região, um amigo do distrito de Pulador, aqui perto de Passo

Fundo, que mora na Itália desde a guerra. Que se casou com uma italiana nova e nunca mais voltou. Não é mesmo, Mariazinha? Conta pro moço, conta!

– Ele voltou, sim, Zeca! Ele voltou para o Brasil no mesmo navio que te trouxe, não te lembra? O filho dos Pereira, não é dele que tu fala? – Dona Maria, percebendo que aquela conversa, como sempre, agradava e despertava o marido, continuou:

– Ele, o filho dos Pereira, depois de um tempo, retornou para a Itália para se casar com essa italiana, uma jovem de apenas dezessete anos, segundo falavam. A moça era da cidade de Pistóia. Segundo a minha filha, que gosta muito de mapas, a casada com o Marinho, o meu genro de São Paulo, essa cidade fica na Toscana, de onde vieram vários imigrantes das colônias da região de Passo Fundo, inclusive de meus pais. Estivemos lá uma vez, lembra-te Zeca?

– Mas é claro que me lembro, Maria! Como não ia me lembrar disso, mulher? Fomos visitá-lo em Pistóia naquela viagem, não é mesmo? Na viagem que fizemos à Itália, quarenta anos depois da guerra. Fazia muito frio, mas não da mesma forma que passamos na guerra. Isso é outra coisa. Na guerra, é outra coisa, a gente não dorme, não tem sossego... Faz muito frio e faz muito calor, depende da época... – Seu Zeca interrompeu momentaneamente o que falava. Sentiu-se perdido, e sem condições de continuar, voltou-se para a mulher que o acompanhava, olhando-a sem nada falar... Vendo a situação do marido, e já acostumada com essas interrupções de memória, o estimulou que voltasse ao caso do combatente Pereira, reintroduzindo o caso da viagem à Pistóia com a filha e o genro, Seu Zeca continuou firme:

– O nosso genro, o Marinho, e a minha filha nos levaram nesse passeio. Foi um passeio muito bonito, pois estivemos em

Roma e em Assis, uma maravilha. Achei Roma muito suja e barulhenta. De Assis eu gostei mais, é mais tranquila e mais santa, como dizem. Um dia encontrei com o Pereira que trabalhava no cemitério da cidade da Itália. Um lindo Campo Santo, cheio de árvores e grama, um jardim muito bonito e bem cuidado. Recordamos muitas coisas antigas, não é mesmo Mariazinha? Visitamos todos os túmulos dos companheiros da nossa região, enterrados na Itália. O Pereira sabia de cor onde cada um estava enterrado. Que memória tem aquele velho amigo!... O cemitério onde enterraram nossos combatentes, o senhor sabe, não é mesmo? – Nesse momento, para estimular mais a sua memória, Dona Maria lembrou ao marido, que o Pereira radicou-se definitivamente na Itália, reencontrando-se com a moça com quem havia casado por procuração, ainda quando estava de retorno ao Brasil. E que na Itália, segundo enfatizou, acompanhada pela aprovação do Seu Zeca, o tal Pereira foi contratado como o Guardião do Cemitério Militar Brasileiro em Pistóia, onde muitos pracinhas brasileiros foram enterrados na Itália...

As explicações da Dona Maria foram interrompidas quando os passageiros perceberam que a porta da cabine de comando se abrira e de lá surgiu, primeiramente o mecânico, seguido do Comandante. Os dois se apertavam no corredor próximo à entrada do avião, ao lado da comissária de bordo. Pedindo desculpas pelos transtornos, o Comandante muito gentil, mas sério e visivelmente contrariado, dirigiu-se pessoalmente aos passageiros:

– Atenção, senhores passageiros, pedimos dos senhores atenção, por favor! Como os senhores podem ver, estamos mesmo com problemas, não temos energia para dar partida nos motores do avião. Como podem observar, apenas as luzes de emergência ainda permanecem acessas, possibilitando um mínimo de visibilidade na entrada da noite. Por esses motivos e com respeito a todos vocês, acabo de conversar com o mecânico da Rio-Sul, aqui do meu lado, que recomenda que este avião não deva seguir viagem por apresentar problemas que ainda não foram sanados. Este aparelho é acionado nos aeroportos por energia externa cujo ponto de recarga, como nesse caso, fica no local onde os senhores embarcaram. – Deu uma pausa... Antes que fizessem qualquer pergunta, o Comandante completou:

– Desta forma, damos como cancelado esse voo. Os senhores serão mais bem informados sobre os próximos procedimentos no saguão do aeroporto. Pedimos desculpas a todos os senhores. Nossas comissárias permanecerão à disposição de todos para acompanhá-los até ao prédio do aeroporto. Infelizmente, os senhores deverão seguir a pé, pois não há veículos disponíveis da companhia nesse momento... – Mediante a fala do comandante, aparentemente dando como encerrada, Grace Kelly exigiu maiores explicações, perguntando-lhe porque eles não retornavam com o avião até o ponto de alimentação e tentavam outra vez dar a partida?

Com essa sugestão, o avião quase veio abaixo devido às manifestações contrárias da maioria dos passageiros com muitos gritos e poucos palavrões. Todos, menos mãe e filha, não aceitavam a sugestão de persistir mais com aquele aparelho. Ninguém queria mais esperar que o ERJ-145, o Jet-Class da Rio-Sul pegasse no tranco. Foram unânimes em dizer que queriam outra solução que não aquela sugerida pela mulher bem vestida e nervosa à frente do corredor. No meio do tumulto motivado por ela, Grace Kelly voltou-se para trás do avião exigindo que todos a apoiassem, pois não aceitava definitivamente que desistissem de tentar novamente por o avião em marcha. Disse, inclusive, que a Rio-Sul deveria ter uma equipe de mecânicos melhor treinados, e não apenas uma pessoa, a comandar a si mesmo em decisões tão desastradas como aquela.

Ricardinho Fratelli, assustado, já de pé sobre a poltrona, olhando para a confusão atrás de si, não compreendia bem o que acontecia. Parecia que as pessoas se exaltavam como numa briga de torcida. O professor Caldeira fechou o seu livro, na expectativa de sair do avião depois de todos os demais que já se encontravam de pé no corredor, arranjando as roupas amassadas pelo tempo em que ficaram assentados. Em seguida, enquanto o mecânico saía do avião pela escada, o Comandante, cansado de responder às mesmas questões, fechou-se na cabine com o copiloto...

10

Os primeiros passageiros que chegaram à sala de embarque, depois de caminharem quase um quilômetro a partir da cabeceira da pista, encontraram a porta de vidro trancada. A aeromoça do cabelo louro que veio com a primeira turma, na frente dos demais, depois de bater forte naquela porta, resolveu dar uma volta por trás do prédio, buscando o portão de entrada do pessoal de serviço do aeroporto. Alguns minutos depois, percebeu-se que as luzes internas do saguão de entrada e, na sequência, as da sala de embarque foram acesas numa cadência controlada por alguém de dentro do prédio. Depois de algum tempo, interminável para a maioria aglomerada do lado de fora, percebeu-se, ao fundo, bem atrás do cartaz de alerta dos perigos da AIDS, a silhueta da Gerenta, com uma penca de chaves à mão, acompanhada pela mesma aeromoça morena de cabelo louro.

As duas entraram emparelhadas na sala de embarque, caminhando lado a lado e no mesmo ritmo em direção à porta de saída onde já se aglomerava a maior parte dos passageiros descontentes. As duas mulheres pareciam transtornadas com o tamanho do problema que tinham em mãos. Do lado de fora, os espíritos se exaltavam, impulsionados pelas senhoras elegantes e bonitas, Grace Kelly e a futura modelo Caroline Toffel, agora transfiguradas em agitadoras em defesa de sua causa justa.

Ainda a meio caminho, entre o avião e o prédio, vinham no mesmo ritmo o professor Caldeira ao lado do Seu Zeca que ainda lhe contava sobre os expedicionários da FEB; a Dona Maria de braço dado com a Dorinha com sua bolsa e o ursinho surrado na outra mão; Carlinhos que trazia também a caixa de papelão com o bolo de aniversário e, finalmente, a Graça Maria com a bolsa vermelha de alças de couro verdes, e Ricardinho Fratelli, carregando às costas sua mochilinha com o desenho do Pinóquio e, na mãozinha esquerda, a sacola com o casaco de inverno e a boina com as cores da bandeira da Itália. O menino estava achando o máximo caminhar sobre a faixa amarela da pista do avião, uma novidade certamente experimentada por poucos guris de sua idade.

De tempos em tempos, Dona Maria pedia para descansar para aliviar os pés, pois o sapato novo que pôs para ir ao encontro da filha em São Paulo estava "pegando" um pouco, conforme dizia, machucando-lhe o calcanhar do pé direito. Graça Maria e Ricardinho caminhavam continuamente, sem parar, no mesmo ritmo dos demais, de modo que se distanciaram do último grupo, que caminhava mais devagar por causa do problema com o sapato da Dona Maria. O menino estava radiante com tudo aquilo, pois disse para a mãe que contaria aquela façanha para os coleguinhas da escola, dizendo-lhes que andou pela pista do avião no escuro. Da mesma forma diria ao pai, assim que chegasse à Itália, que foi ele, Ricardinho, quem levou a mãe até o prédio do aeroporto. Que os dois andaram sozinhos por muito tempo no caminho do avião.

O professor a cada momento voltava-se para trás para observar o que ocorria com a turma que ficou no avião. Percebeu que o mecânico polaco, com um fio do fone de ouvido ligado à base da cabine, na parte inferior do bico do avião, permaneceu ao lado da aeronave, enquanto o tratorista conduzia o trator para fora da pista, para um local muito próximo de onde ainda revoavam o casal de quero-quero. Os pássaros protestavam pela invasão do seu espaço naquela hora da noite, revoando sobre a cabeça do tratorista já acostumado com a irritação dos bichos.

Enquanto a Gerenta, aflita, procurava e não encontrava a chave certa para abrir aquela porta, Grace Kelly calçada com uma bota de cano curto e de ponta dura, nervosa e aos berros, deu um chutão no vidro, de tal maneira que se espatifou, partindo-se em pequenos pedaços, cortando fundo sua perna entre a base da saia rodada e a bota, em diversos lugares. A mulher desequilibrou-se, caindo de mau jeito sobre os estilhaços de vidro espalhados sobre o cimento do passeio.

Vendo a mãe caída e com a perna ensanguentada, Caroline voltou-se também furiosa contra a Gerenta, culpando-lhe pelo ocorrido, dando sacolejadas fortes na maçaneta da porta que finalmente foi aberta pela funcionária assustada. Vendo aquela cena sem precedentes, a Gerenta imediatamente abaixou-se para acudir a senhora caída quando recebeu na cabeça uma sacolada forte, imprimida pela filha da mulher, dando início a uma briga incontornável, com xingamentos e puxões de cabelo. A administradora, assustada, caiu de bruços sobre a outra mulher estendida entre as miçangas de vidro, coloridas de sangue, no chão, cortando as mãos e a cabeça. Foi preciso que os torcedores do Grêmio, que estavam mais próximos, tirassem a manequim de cima da Gerenta, porque ambas pareciam sufocar a mulher caída sobre os estilhaços de vidro. Assustada com a cena de brigas, o sangue que lhe escorria nas pernas e xingamentos da filha, Grace Kelly, abafada e sem poder se mover ou se levantar, desmaiou após ter dado um grito de dor. Dois homens levaram a mulher desmaiada até o ambulatório do aeroporto, ao lado da sala da gerência, para providências de primeiros socorros. As outras duas, também machucadas, mas separadas pela aeromoça morena de cabelos pintados de louro, acompanharam o cortejo, trocando injúrias e xingamentos.

Olga, João Manuel e a comissária de bordo seguiram atrás para ajudar no que fosse possível. O guarda que se encontrava do lado de fora do aeroporto, já acomodado dentro da viatura da polícia para passar uma noite tranquila, sem novidades, ao notar por acaso que algo diferente acontecia no saguão do aeroporto, agora com as luzes novamente acessas, entrou para ver o que acontecia. Percebendo a cena e o tumulto armados, inclusive com a jovem modelo aos berros chamando pela mãe, enquanto acusava Deus e o mundo pelo ocorrido, o guarda retornou rapidamente à viatura e acionou o 190, pedindo ajuda na repartição. Comunicou que havia uma confusão instalada no aeroporto e muito sangue no chão. Como não pôde avaliar a extensão do problema, e por estar sozinho, solicitava inclusive ajuda do corpo de bombeiros e da polícia federal.

11

Uma hora depois do ocorrido, o professor assentado de frente da entrada para os toaletes, mas na parede do lado oposto, aguardava na sala de embarque o desfecho dos problemas. Com o livro grosso de filosofia à mão, aberto pela metade, percebeu que o avião estava novamente estacionado no local onde os passageiros embarcaram por duas vezes, sem sucesso. Não pôde ver se o comandante e o copiloto encontravam-se na cabine, pois o reflexo do vidro, localizado acima do buraco feito pela Grace Kelly, não permitia.

Naquele instante, apesar de estar um pouco escuro e com o local iluminado apenas pela luz de um poste um pouco afastado e pelas arandelas da fachada do aeroporto, novamente acesas, o professor observou que o tratorista, juntamente com a aeromoça morena de cabelos louros, improvisada na função, retirava as bagagens do avião colocando-as num reboque acoplado no mesmo trator. Observou, por acaso, que sua mala tinha sido retirada do bagageiro do avião, naquele momento, e colocada ao lado das demais já desembarcadas. Pressentiu que essa cena o remetia a uma que ocorrera com ele no aeroporto da cidade do México, havia dois anos. Estavam, ele e sua mulher, em uma viagem que não tinha nada a ver com o seu trabalho. Retornaram àquele país da mesoamérica, de férias, numa viagem de uma semana, depois de vários anos decorridos desde que estiveram no México em visita às ruínas olmecas, no Estado de Tabasco, e maias, no Estado de Chiapas. Na época, o professor participou de um evento sobre a filosofia nas culturas pré-colombianas na cidade de Villahermosa, no final da década de 1980, onde se reuniram os principais filósofos e indianistas das Américas. Desta vez, voltaram aquele país por outra razão. Queriam descansar um pouco juntos, buscando lembranças de bons momentos que viveram desde quando se conheceram havia cinquenta anos, ainda adolescentes, no interior de São Paulo. Foi sua última viagem com a mulher...

Por ser o aeroporto da Cidade do México muito grande, as distâncias internas e externas eram extensas, de tal forma que os veículos que trafegavam nas pistas, de apoio aos aviões, pareciam pequenos quando vistos de dentro do prédio do aeroporto. Como sempre foi muito curioso sobre o que se passa ao seu redor como também à distância, o professor, de dentro da sala de espera, percebeu que sua mala azul anil, empilhada sobre dezenas de outras, estava sendo conduzida por um reboque que estacionara ao lado de outro avião, cujas portas do bagageiro estavam abertas para receber as malas daquele reboque. O professor Caldeira e sua mulher estavam à espera de um voo para Acapulco e o avião da companhia aérea americana, em que presumidamente sua mala seria embarcada, estacionara ao lado do seu. Preocupado, chamou sua mulher para conferir o que via. Ela estava ao lado, assentada em uma cadeira da sala de esperas, distraindo-se, absorta, com uma página de coquetel de palavras cruzadas fácil que o marido lhe comprara na noite anterior no aeroporto de Guarulhos, antes de embarcarem para o México.

Posicionando a mulher de pé, ao seu lado, para que percebesse a direção que lhe mostrava, apontou para o lugar onde ainda estava parado o reboque, com sua suposta mala, próximo ao avião da companhia aérea Americana. Uma inconfundível mala azul anil, de plástico duro, protegida e reforçada por uma faixa vermelha de segurança, uma tira de kevlar, com segredo de três dígitos, com o que costumava selar suas bagagens por precaução. Ao ser perguntada pelo marido sobre se aquela era a mala azul dele – que ela mesma fechou na tarde do dia anterior, quando juntos guardaram nela suas roupas, ou pelo menos para dizer se aquela mala se parecia com a sua – a mulher disse categoricamente que não. Que a mala do Caldeira não era aquela, nem mesmo tinha aquela cor. Disse em seguida que não se lembrava, entretanto, de que tipo era. Mas, aquela azul que ele lhe mostrara, “definitivamente não”. Disse assim, voltando-se novamente para a sua palavra cruzada...

Na pequena sala de enfermagem do aeroporto, um pouco apertada para mais de um paciente, Grace Kelly com a barra da saia rodada largamente manchada de sangue, ainda se restabelecia dos ferimentos que sofreu na panturrilha da perna direita: “um corte atingiu duas veias superficiais e uma safena mais profunda”, segundo informaram, além de outros ferimentos e luxações mais leves pelo corpo. Depois de paralisar a hemorragia causada pelo corte, Olga com muito jeito retirou a maioria dos cacos de vidro dos dois joelhos e do cotovelo direito da mulher, também bastante esfolado pelo desajeito da queda e da pressão exercida pelo corpo da Gerenta ao cair sobre ela. Atendida pelo João Manuel, a administradora sofrera alguma lesão na mão direita e um corte no supercílio ao cair com a cabeça no cimento. Caroline Toffel apenas esfolou os dois joelhos e teve um pequeno corte na testa, sem muita gravidade, pois foram feitos apenas curativos, sem suturas.

Os paramédicos do corpo de bombeiros, que chegaram vinte minutos depois do tumulto, completaram a limpeza das feridas da Grace Kelly, quando perceberam que não era motivo de deslocá-la para o pronto socorro municipal, pois os quatro pontos a que foi submetida na perna direita pela jovem médica foi capaz de estancar o sangue. Preenchidas as papeletas ambulatoriais de praxe, logo após terem aplicado antitetânico nas duas senhoras, os socorristas militares, os policiais recém-chegados em um camburão da polícia e dois tenentes da Polícia Federal reuniram-se na sala da administração do Aeroporto para o registro das ocorrências.

Os torcedores do Grêmio que nunca perderam a esperança, apesar de confirmado o rebaixamento do time, ficaram orgulhosos do resultado final do jogo com o Atlético PR, que terminou empatado para espanto de todos. Aos quarenta e seis minutos do segundo tempo, na prorrogação, conforme relatou o amigo do baixinho, pelo celular, "o Grêmio empatou com um belo gol de cabeça do Cláudio Pitbull". Desta forma, impediu uma vitória certa do time mais cotado até aquele dia para vencer o Brasileirão daquele ano. A partida finalizou em três para o Grêmio e três para o Atlético Paranaense.

Às onze horas e trinta minutos da noite do dia vinte e oito de novembro de 2004, naquele mesmo domingo, os passageiros do voo RG-4253 da Rio-Sul, com destino ao Aeroporto de Congonhas, avisados, perceberam a chegada de um ônibus executivo da cor azul, com o símbolo da Varig, vindo de Porto Alegre. O motorista procurava espaço para estacionar mais próximo possível da porta de entrada do aeroporto Lauro Kurtz, em Passo Fundo. Com as luzes internas do ônibus acesas e de portas abertas, um condutor vestido com uma roupa da empresa, ajudado pelo tratorista, alojava as malas no bagageiro do executivo, marcadas pelas mesmas etiquetas que receberam no momento do *check-in* naquela tarde. Na contagem do número de passageiros que embarcaram naquele ônibus com destino a Porto Alegre, para se alojarem em um hotel quatro estrelas da companhia aérea, na Capital Gaúcha – na expectativa de seguir viagem na manhã do dia seguinte –, a aeromoça morena de cabelo louro contou apenas vinte e cinco pessoas das vinte e nove que compraram passagens naquele voo RG-4253 da Rio-Sul em direção à Congonhas... Duas das pessoas embarcadas naquele ônibus, cuidadosas, minutos antes, auxiliaram o casal de velhos com as bagagens de mão e com uma caixa de papelão contendo um bolo de aniversário.

Editora
LETRAMENTO